Tanja Wekwerth

Tanjas Welt

Tanja Wekwerth

Tanjas Welt

weitere
60 launige
Kurzgeschichten

Illustrationen von
Jutta Bücker

MOEWIG

www.MOEWIG.de
Originalausgabe

Umschlag- und Autorenfoto: Laura
Printed in Germany
ISBN 3-8118-2927-0

Inhalt

1

Mein Mann braucht ein Sakko …

Frauen gehen einfach gern shoppen. Am liebsten allein – aber bloß nicht mit dem Partner …

Es geht dabei nicht nur ums Kaufen, es geht darum, kichernd alles anzufassen, die unmöglichsten Fummel anzuprobieren, ein bisschen im Grabbelkasten mit reduzierter Unterwäsche zu fischen und sich schließlich in etwas zu verlieben, das einem wie auf den Leib geschneidert ist und einen Hauch von Glamour verleiht: einen Pulli, ein Kleid, einen BH, nicht so wichtig, was es ist …

Und dann geht man einen Kaffee trinken und ist sehr zufrieden mit sich und der Welt. So stelle ich mir einen gelungenen Shopping-Vormittag vor.

Männer gehen im Allgemeinen nicht besonders gern shoppen, meiner jedenfalls nicht.

»Robert!«, sprach ich letzte Woche streng. »Du brauchst dringend ein neues Sakko, und eine neue Hose wäre auch nicht schlecht.«

»Aber nein!«, rief er. »Ich war doch gerade erst groß einkaufen.«

»Das war vor sieben Jahren«, widersprach ich. Und so machten wir uns vergangenen Sonnabendvormittag auf den Weg ins überfüllte Kaufhaus. Es ist schon schlimm, einen shoppingmuffeligen Ehemann hinter sich herschleifen zu müssen, zu allem Überfluss hatten wir aber noch alle drei Kinder dabei.

»Herrenkonfektion, 2. Stock«, las Sanne vor und hechtete sich auf die Rolltreppe. »Gibt's da Konfekt?«, rief sie noch, dann war sie verschwunden. Ich nahm die Jungs an die Hand und folgte ihr schnell.

Im 2. Stock angekommen schwärmten meine Kinder in unterschiedliche Himmelsrichtungen davon. Und da war mir klar, dass das heute kein gelungener Shopping-Vormittag werden würde. Aufseufzend machte ich mich auf die Suche nach einem Sakko, Samuel schäkerte mit einer großbusigen Verkäuferin. Sanne stöberte durch einen Haufen reduzierter Socken mit förstergrünem Rhombenmuster. »Hier ist schon was für die Füße!«, rief sie.

»Die sind wirklich sehr hübsch«, fand Robert, und ich suchte vergeblich nach einem Ausdruck der Ironie in seinen Augen. »Das ist doch nicht dein Ernst?«, rief ich entsetzt und zog ihn schnell weiter.

»Guck mal!« Ich atmete tief durch und hielt ihm ein gut geschnittenes Sakko hoch. »Zieh das doch mal über.«

Robert guckte skeptisch. »Das sieht sehr langweilig aus«, murrte er. »Das ist klassisch«, belehrte ich ihn ungeduldig. »Nun zieh es mal an!«

Wenig später stand Robert missmutig vor dem Spiegel und ließ Mundwinkel und Schultern hängen. »Das sitzt nicht«, nörgelte er. »Steh doch mal gerade!«, schimpfte ich und strich ihm das Revers glatt. Robert guckte düster.

»Sitzt tadellos«, sagte ich dann. »Und dieses dunkle Jadegrün steht dir hervorragend.«

»Jadegrün?«, kicherte Sanne, »das sieht eher aus, wie die Farbe eines überfahrenen Frosches.« Robert lachte. »Genau!«, rief er und zog das Sakko wieder aus. Nach einer Weile, in der ich meine kleinen Jungs wieder eingefangen und sie vorübergehend mit Salzstangen ruhig gestellt hatte, kam Robert mit einem blassblauen Sakko und einer karierten Hose wieder. »Das hat doch Stil«, befand er und begutachtete sich vor dem Spiegel.

Das Sakko war zu weit, die Hose zu kurz, und Hellblau ist eine Farbe, die kein männliches Wesen über fünf tragen sollte.

»Chic, Papa.« Sanne war begeistert. Ich nicht.

»Du siehst aus wie der Sandmann«, entfuhr es mir. Sanne wand sich vor Lachen. »Da fehlt Papa noch der Sandsack.«

Beleidigt verschwand Robert wieder in der Umkleidekabine. »Wir gehen jetzt nach Hause!«, rief er.

»Ist das Ihr Sohn?«, fragte mich plötzlich die großbusige Verkäuferin von vorhin und trug einen selig grinsenden Samuel auf dem Arm.

»Hat er was angestellt?«, fragte ich erschrocken.

Sie lachte. »Nein. Er war nur gerade dabei, die Rolltreppe in den dritten Stock zu nehmen!«

Da kam der zerraufte Robert aus der Umkleidekabine. Das Sandmann-Outfit hatte er zurück auf den Bügel gehängt.

»Probieren Sie doch das einmal!«, flötete die Verkäuferin und hielt ihm das jadegrüne Sakko von eben hin. »Dieses dunkle Smaragdgrün würde Ihnen außerordentlich gut stehen.«

Robert räusperte sich verlegen. »Wenn Sie meinen«, sagte er dann charmant lächelnd und trat kurz darauf wieder vor den Spiegel. »Tadellos«, lobte die Verkäuferin und strich ihm das Revers glatt. Robert straffte die Schultern und grinste.

»Es geht eben nichts über eine kompetente, freundliche Fachberatung«, sagte er zu mir.

Sanne flüsterte in mein Ohr: »Aber das ist doch das, was aussieht wie ein überfahrener Frosch.«

»Schsch!«, zischte ich und zwinkerte der Verkäuferin dankbar zu. Eine Hose haben wir an diesem Vormittag nicht mehr gekauft, das machen wir vielleicht im nächsten Jahr. Mit dem Shopping in Begleitung eines Mannes sollte man es nicht übertreiben.

2

Wir sind auf den Hund gekommen

Meine Tante Martha hat einen Dackel, der auf den erstaunlichen Namen »Waldi« hört. Oder eben nicht hört …

Meine Tante Martha ist übrigens auch meine Erbtante. So geschah es, dass ich mich bereit erklärte, Waldi für eine Woche in Pflege zu nehmen. Die Kinder freuten sich riesig.

Und dann erschien Tante Martha mit besagtem Waldi, einem übergewichtigen, asthmatisch schnaufenden Rauhaardackel. »Wieso hast du mir nicht gesagt, dass ihr im dritten Stock ohne Fahrstuhl wohnt?«, war ihre Begrüßung. »Das schafft Waldilein nicht mehr. Du wirst den armen alten Kerl hochtragen müssen!«

»Komm doch erst mal herein, Tante Martha.« Ich lächelte wacker.

»Und runter auch«, fuhr sie unbeirrt fort.

Waldi dackelte an uns vorbei und sprang erstaunlich behände aufs Sofa, wo er es sich auf der Kuscheldecke bequem machte. Tante Martha war begeistert. »Wie süß. Er fühlt sich wohl bei euch.«

Robert, mein Mann, starrte den schnarchenden Waldi düster an.

»Ich habe alles mitgebracht«, erklärte Tante Martha. »Siebenmal Hundefutter. Seine Lieblingsmarke. Vielleicht mischst du ihm ein bisschen feine Leberwurst drunter. Hier ist das Schippchen für seine Häufchen. Das muss man doch aufheben! Und hier sein Quietsche-Entchen und sein Kissen, die Leine und das Regenjäckchen. Waldi muss sieben- bis achtmal sein Beinchen heben. Er hat eine schwache Blase!«

Nachdem sie sich überschwänglich von Waldi verabschiedet und ihm unzählige Küsse auf die feuchte Dackelnase gedrückt hatte, verließ sie uns mit Tränen in den Augen.

Endlich war die Tür zu. Aus dem Wohnzimmer hörten wir wütendes Knurren und panisches Kindergeschrei. Waldi war nicht bereit, die Schmusedecke rauszurücken und auch Sannes besänftigende Streichelversuche quittierte er mit Zähnefletschen.

»Runter vom Sofa!«, herrschte ich den fetten Wackel-Dackel an und zog heftig an der Decke. Waldi sprang auf den Fußboden, schnüffelte daran herum und hob dann am Sessel sein Bein. Ich hätte schwören können, dass er mich dabei schadenfroh angrinste.

»Ich geh mal Gassi«, sagte ich matt und machte mich mit Schippchen, Leine und Dackel auf den Weg. Doch weiter als hinter die Wohnungstür kam ich nicht. Waldilein weigerte sich, auch nur eine Pfote auf den Treppenabsatz zu stellen.

»Du glaubst doch nicht im Ernst, dass ich dich trage!«, sagte ich zu ihm und zog an der Leine. Waldi klappte die Ohren zurück und setzte sich auf sein Hinterteil. »Komm schon!«, rief ich wütend und zog kräftiger. Waldi hustete und rührte sich keinen Millimeter.

Da habe ihn dann tatsächlich getragen. Auf der Straße angekommen, hob er an schätzungsweise 57 strategisch wichtigen Punkten sein Bein, riss sich schließlich im Park von der Leine und setzte zur Feier des Tages mitten auf den Kinderspielplatz einen Haufen. Mit hochrotem Kopf und umringt von schimpfenden Müttern machte ich mich mit dem Schäufelchen ans Werk, während Waldi wie irre durch den Sand tobte und die erschrockenen Kinder ankläffte.

Nachdem ich seinen Unrat entsorgt und den unmöglichen Hund eingefangen hatte, wollte ich so schnell wie möglich nach Hause.

Leider wollte Waldi das gar nicht. Er setzte sich wieder auf seinen Hundehintern und gab sich stur. »Diesmal nicht!«, zischte ich ihn an und zog aus Leibeskräften. Waldi rodelte mit Dackelblick hinter mir her.

»Sie erwürgen ja Ihren Hund!«, erboste sich eine alte Frau,

die eine ähnliche Version an der Leine rührte. Die zwei übergewichtigen Dackelherren beschnüffelten sich eingehend, besonders hinten, wie ich angewidert feststellte, wobei ich an Tante Marthas Abschiedsküsse auf seine Hundenase dachte. Dann begannen die beiden, einander wichtigtuerisch etwas vorzupinkeln. Aufseufzend nahm ich Waldi auf den Arm und schleppte mich mit ihm nach Hause, inklusive der Treppen!

In der Wohnung angekommen, raste Waldi hysterisch bellend ins Kinderzimmer, machte sich dort über die Legosteine her und legte sich dann in Sannes Bett.

»Krisensitzung!«, schnaufte ich. »Das halte ich keinen weiteren Tag aus. Was machen wir?«

Als wüsste er, dass es um ihn ging, watschelte Waldi um die Ecke, hustete einige gelbe und rote Plastikkrümel auf den Teppich und sah uns aufmerksam an.

»Rattengift?«, flüsterte Robert. Da klingelte es an der Tür. Waldis Rettung. Es war Tante Martha, die vor Sehnsucht verging und ihr liebstes Waldilein abholen wollte. Wir waren sehr bemüht, uns unsere übergroße Freude nicht anmerken zu lassen und verabschiedeten uns von den beiden.

»Ich will einen Hund«, verkündete Sanne, als die Tür zu war. Ich streichelte ihr die Wange. »Kriegst du, mein Engel.«

Robert sah mich entsetzt an.

»Wenn du 18 bist und deine eigene Wohnung hast, dann schenke ich dir einen Dackel zur Einweihung …«

3

Ein Termin beim Friseur

Wenn Frauen nach einer kleinen Veränderung im Leben ist, gehen sie meistens zu ihrem Friseur …

So wie ich neulich: Ich dachte mir, eine leichte Typveränderung hätte noch keinem geschadet, und die beginnt meistens auf dem Kopf.

Nachdem ich auf dem Stuhl Platz genommen hatte, informierte ich die Friseurin ganz genau, wie ich es gern hätte, und liebäugelte dabei mit einem Poster, auf dem eine wild gelockte Schönheit siegessicher lächelte.

Die Friseurin schien enttäuscht. Ob Spitzenschneiden und Haaretönen langweilig ist?

»Was denn für eine Tönung?«, fragte sie und zerwurschtelte mir gedankenverloren den Seitenscheitel.

»Ich dachte an Kastanie oder Haselnuss«, antwortete ich und hörte selbst, wie unoriginell sich das anhörte. Ich spähte auf das Poster mit der Lockenpracht. Einmal, nur ein einziges Mal in meinem Leben möchte ich solche Locken haben … »Sagen Sie …«, flüsterte ich. »Hat die Frau auf diesem Bild Naturlocken?«

»Das ist eine Dauerwelle«, antwortete sie schnell und sah mich fragend an.

Mein Blick wanderte über die goldenen Kringel und Kräusel, die dem Model lässig über die Augen fielen. Einmal, nur ein einziges Mal in meinem Leben …

»Nein!«, rief ich laut. »Das würde mir gar nicht stehen. Dieses Lockenmodel ist höchstens sechzehneinhalb Jahre alt und kann es sich leisten, nur die Hälfte zu sehen. Aber wenn mir

Dauerwellen über den Augen hängen würden, hole ich noch ein falsches Kind von der Schule ab.«

Die Friseurin lächelte enttäuscht. »Also nur Spitzenschneiden und einmal Kastanie?«, gähnte sie.

»Was haben Sie denn noch, außer Kastanie?«, fragte ich mutig. »Wir haben hier einen ziemlich schrillen Henna-Ton, dazu braucht man allerdings ein bisschen Mut.« Sie sah spöttisch auf mich herab.

»Na und?«, schnippte ich. »Daran soll es nicht scheitern, darf ich mal sehen?«

Sie hielt mir eine Farbkarte unter die Nase.

»Ziemlich schrill, in der Tat«, gestand ich kleinlaut ein. Zu schrill für mich. Die Farbe hatte etwas von einem brennenden Heuschober.

»Haben Sie es ein wenig weniger schrill?« Sie zuckte die Schultern. »Also doch Kastanie?«

Langsam begann mich diese Person zu ärgern. Ich war kurz davor, mich in einen lockigen, brennenden Heuschober verwandeln zu lassen, nur um sie zu ärgern. Doch dann atmete ich ruhig durch. Keine Kurzschlusshandlung jetzt.

»Wie wäre es damit?«, fragte ich und zeigte auf eine Farbe, die sich »Kupferrot« nannte. Nicht so aggressiv, sondern nett rötlich, eben wie ein polierter Kupferkessel.

»Okay!«, sagte die Friseurin und knickte mir den Kopf nach hinten ins Waschbecken.

»Vielleicht könnten Sie mir die Haare leicht durchstufen?«, rief ich gegen das Wassergeräusche an. »Dass es nicht so streng aussieht, sondern ein bisschen lässig!« Oder sollte ich einfach mal etwas richtig Verrücktes machen und als lockige Löwen-Lady aus diesem Salon schreiten? In diesem Moment verbrühte mir ein heißer Wasserstrahl die Kopfhaut, was mich wieder zur Räson brachte. »Ist das zu heiß?«, fragte die Friseurin.

»Ja, ein bisschen«, keuchte ich.

»Also durchstufen?«, fragte sie später. Ich nickte. Sie zückte die Schere und setzte sie in Schläfenhöhe an.

»Halt!«, kreischte ich. »Nicht so kurz!«

Entnervt ließ sie die Hände sinken, und in ihrem Blick stand geschrieben: »Warum kriege immer ich die exzentrischen Kundinnen ab?«

»Ich kürze jetzt erst mal die Spitzen«, murrte sie und wollte in Schulterhöhe zuschneiden.

»Das sind doch nicht die Spitzen!«, rief ich und duckte mich schnell weg.

»Wo darf ich denn?« Ihre Fußspitze wippte nervös auf und nieder.

»Hier, so.« Ich zeigte ihr die Stelle und guckte wachsam in den Spiegel.

»Also einen Zentimeter.« Gelangweilt machte sie sich an die Arbeit, die nach fünf Minuten beendet war.

»Und was für eine Farbe?«, fragte sie dann.

»Was würden Sie empfehlen?« Unschlüssig starrte ich auf »Kupfer«.

»Hier!« Sie zeigte auf »Pflaumenblut.«

»Das ist nicht Ihr Ernst.« Ich lachte etwas zu laut auf.

»Also, Kupfer?« Abwartend sah sie mich an.

»Ähem ...« Ich räusperte mich nervös. »Ja!«

Kurz darauf kam sie mit der Tönlotion zurück, die so kreischend orange war, das sie im Dunkeln geleuchtet hätte.

»Nein!«, schrie ich entsetzt.

»Aber das ist doch nicht die Endfarbe«, beschwichtigte sie mich, aber ich weigerte mich. Die konnte mir ja viel erzählen! Sie würde ja nicht aussehen wie eine brennende, blutige Pflaume in einem Kupferkessel.

Kurz darauf verließ ich den Frisiersalon mit der Haarfarbe, die Mutter Natur einst für mich gewählt hatte. Ich trug wieder meinen klassischen Seitenscheitel, und auch das Spitzenschneiden hatte nicht sonderlich zu einer Typveränderung beigetragen.

Aber nächstes Mal: Da werde ich vielleicht mal eine Dauerwelle und eine schrille Hennatönung machen lassen. Vielleicht!

4

Mama, spiel mit uns!

Als Mutter hat man viele Aufgaben: kochen, trösten, schimpfen, singen und spielen. Und da habe ich auch schon mein Stichwort ...

Es ist ja nett, mit den Kinderchen mal ein Puzzle zusammenzusetzen oder eine Geschichte zu lesen. Aber nach schätzungsweise 45 Minuten mag ich nicht mehr. In dieser Zeit habe ich mit den Jungs siebenmal dasselbe Puzzle gepuzzelt, zwanzig Purzelbäume geschlagen und fünfmal »Bob, der Bauarbeiter« gelesen. So langsam ermüde ich.

»Nun spielt mal schön alleine«, sage ich freundlich und will mir einen Kaffee zu kochen.

»Mammmaaaa!«, kreischen die Söhne. »Bleib hier!«

»Ich gehe nur in die Küche«, beruhige ich sie.

»Hiiiier!«, brüllen sie, als wollte ich mich auf eine Weltumsegelung begeben. Ich haste in die Küche. Hinter mir Gebrüll. Etwas geht zu Boden – ein Kind, ein Stuhl? Kurz darauf ein Schmerzensschrei. Es war also ein Kind. Jetzt Wutgebrüll. Angriffsgeheul. Wieder ein Schmerzensschrei. Ich kann das alles auseinander halten. Als zwei Schmerzensschreie durch die Wohnung hallen, ist endlich der Kaffee fertig. Ich eile ins Kinderzimmer zurück, in dem sich zwei wütende, kreischende Brüder um einen Schlumpf kloppen.

»Schluss!«, rufe ich. »Spielt doch mal was Nettes!«

»Mit dir«, lautet die Antwort aus zwei kleinen Mündern.

»Wir haben doch gerade so lange gespielt«, verteidige ich mich und verbrenne mir die Zunge am Kaffee.

Samuel schleppt Bausteine heran, Max hilft ihm dabei. Mit

bester Laune schütten sie mir eine halbe Tonne bunter Holzklötze über die Füße. »Und jetzt bau mit uns!«, lautet der Befehl.

Aufseufzend hocke ich mich auf den Fußboden.

»Was wollen wir bauen?«, frage ich lahm.

»Eine Ritterburg«, bestimmt Samuel und steckt seinen Zeigefinger in meinen Kaffee. Nachdem ich seinen Finger gepustet und geküsst habe, kann es auch schon losgehen.

»Heiß?«, fragt Max interessiert und will seinen Finger auch in den Kaffee tunken.

»Schluss!«, rufe ich zum zweiten Mal an diesem Nachmittag und stelle meine Tasse auf den Schrank. Dort kommt keiner ran.

»Aaaalso, eine Ritterburg.« Ich beginne, die Bauklötze übereinander zu legen, einen auf den anderen. Ein richtig schicker Wachturm wird das. Ich baue ihn ausschließlich aus gelben Steinen, so sieht es realistischer aus. Und jetzt die Mauern. Dazu verwende ich längliche Bauklötze in Blau und Rot. »Mama, lies uns was vor!«, ruft Samuel in mein Ohr.

»Ich baue jetzt eine Ritterburg«, sage ich konzentriert und suche nach länglichen blauen Steinen. Na ja, dann nehme ich für die Ecken was Gelbes.

»Maaamaaaa!« Samuel hält mir ein Pixibuch hin, Max schmeißt einen Bauklotz durchs Zimmer. Halt! Der war doch blau und länglich, den kann ich gut gebrauchen. Während ich unter dem Bett nach dem Bauklotz fische, sehe ich, wie sich Samuel meiner Ritterburg nähert.

»Wehe!«, kreische ich unter dem Bett hervor. »Wenn du meine Ritterburg kaputt machst, kriegst du kein Abendessen!«

Samuel grinst.

»Hilf mir lieber!«, schimpfe ich und baue an einer kniffeligen Brücke, die über den Wassergraben rühren soll. Eine Zugbrücke werde ich nicht hinbekommen.

Max klettert mir auf den Rücken. »Hüh!«, ruft er und klatscht mir mit einem Plastikkochlöffel auf den Hintern.

Missmutig schüttele ich ihn ab. Da bricht die grüne Brücke zusammen. »Neiiin!« Aber ich lasse mich nicht unterkriegen und baue aufs Höchste angespannt eine neue Brücke. Diesmal wähle ich dickere Bausteine für die Basis.

»Komm, Max!«, höre ich Samuel sagen, »lass die Mama in Ruhe spielen!«

Genau, lasst mich mal kurz in Ruhe. Ich habe nämlich die Brücke gleich fertig, und dann muss ich noch ein bisschen an der Höhe der Ritterburg arbeiten. Eine stolze Festung wird das! Und so schön bunt. Endlich bin ich fertig. Toll! Ich bin begeistert.

»Guckt mal!«, rufe ich den Jungs zu, die in der anderen Ecke des Zimmers liegen und geräuschlos Autos hin und her schieben.

Aber sie gucken gar nicht.

»Jetzt guckt doch mal!«, rufe ich wieder. »Ist das nicht die tollste Ritterburg, die ihr jemals gesehen habt?«

»Spielst du jetzt endlich mit uns?«, fragt Samuel.

»Das tue ich doch schon die ganze Zeit!«, rufe ich und hole mir den kalt gewordenen Kaffee vom Schrank runter.

»Nee«, meckert Samuel. »Du baust ganz allein, und wir dürfen dich nicht stören.«

»Ich mache jetzt das Abendessen«, antworte ich pikiert. Als ich in der Küche bin, höre ich, wie aus dem Kinderzimmer das Geräusch einer zusammenfallenden Ritterburg dringt. Dann ist Totenstille. Und kurz darauf erklingt verschworenes Brüdergekicher. Wenigstens sind sie sich jetzt einig.

Diese Teufel! Meine schöne Ritterburg! Aber ich kann ja morgen eine neue bauen. Am besten, wenn die beiden Jungs im Kindergarten sind. Denn dann macht sie mir wenigstens keiner kaputt …

5

Was soll ich bloß anziehen?

Wenn ich mich für einen netten Ausgeh-Abend vorbereite und in Unterwäsche vorm Kleiderschrank stehe, habe ich meistens nicht das berühmte Problem des »Ich habe nichts anzuziehen« …

Was mich jedes Mal wieder ungemein mitnimmt, ist die Frage: »Was ziehe ich überhaupt an?« Denn nichts ist so daneben, wie auf einer legeren Party im schwarzen Abendkleid dazustehen oder auf einer piekfeinen Gesellschaft in Jeans und T-Shirt. Beides ist mir passiert …

»Was soll ich anziehen?«, fragte ich also neulich meine Freundin Jana, die uns zu ihrer Wohnungseinweihung eingeladen hatte.

»Ach, nichts Besonderes«, antwortete sie. Okay. Also vielleicht dieses hellblaue Twinset und dazu eine graue Hose? Ich war sehr zufrieden mit meiner Wahl. Ich hängte mir noch eine zweireihige Perlenkette um und kam mir eine halbe Stunde später, als ich in Janas neuem Wohnzimmer stand, wie meine eigene Großmutter vor.

Um mich herum tummelten sich schräg gekleidete Gestalten. Das Konservativste, was ich an diesem Abend ausmachen konnte, war ein Minirock mit Bauchfrei-T-Shirt. Unauffällig ließ ich die Perlenkette in die Handtasche gleiten, aber das änderte nicht wesentlich viel an meinem Oma-Look. Also sahen Robert und ich zu, dass wir bald wieder nach Hause kamen.

»Das passiert mir nicht wieder!«, schwor ich mir. Und als ich bei der nächsten Einladung auf meine Frage, was ich anziehen soll, zu hören bekam: »Ach, nichts Besonderes!«, da knotete ich mir eine fransige Bluse über dem Bauch zusammen und zwängte mich in meine hautengste Printhose. Nun, Sie ahnen es bereits: Edel gekleidete Damen mit mehrreihigen Perlenketten am Hals übten sich in gedämpfter Konversation und warfen mir schräge Blicke zu. Ich entdeckte das ein oder andere hellblaue und mintgrüne Twinset, klassisch geschnittene Hosen und gerade Röcke. Ich hatte zwar noch die zweireihige Perlenkette vom letzten Mal in der Handtasche, aber die würde mich nicht retten. Nervös zog ich die Fransen über meinem nackten Bauch in die Länge und verließ wenig später unter Vortäuschung heftigster Kopfschmerzen die Feierlichkeit.

Als meine Freundin mich in einen todschicken Club mitschleppte und vorher sagte: »Brezel dich ein bisschen auf!« – da war ich umgeben von Leuten, die betont lässig gekleidet waren und mich musterten wie einen schillernden Paradiesvogel.

Selbst neulich, auf Tante Ruths Kaffeenachmittag, habe ich es geschafft, falsch gekleidet zu sein. Ich trug ein Jeanskleid mit Seidentuch und fand mich klassisch zeitlos, mit einem Hauch sportlich-unkompliziert. »Hättest dich ja mal ein bisschen netter zurecht machen können!«, rügte die Tante mit gespitzten Lippen, und ich dachte bedauernd an mein hellblaues Twinset, das sich zu Hause im Kleiderschrank langweilte.

Vor kurzem waren Robert und ich auf eine Achtziger-Jahre-Party eingeladen. »Verkleidet euch«, warnte uns der Gastgeber.

»Achtziger«, murrte Robert, der sich nicht gern verkleidet, »das war doch gerade erst!«

»Das ist zwanzig Jahre her«, erinnerte ich ihn und bekam selbst einen Schreck, als ich darüber nachdachte. Das war meine Jugend! Inzwischen so lange her, dass man lustige Shows darüber im Fernsehen bestaunen kann, so kurios und ewig weit weg ist das alles.

Also her mit Schulterpolstern, Stulpen und mit »St-St-Studio-Line« fest betonierter Föhnwelle. So richtig schön blöd sahen wir am Ende aus, so blöd wie vor zwanzig Jahren – nur älter, aber auch schlauer. Ganz so schlau dann leider doch wieder nicht! Denn wenig später stellten wir fest, dass wir die Einzigen waren, die sich verkleidet hatten. Die anderen Gäste trugen hübsche Mode aus der aktuellen Frühjahrskollektion 2003. Robert und ich gingen bald nach Hause, legten »Modern Talking« auf und feierten unsere eigene »Achtziger-Jahre-Party«.

Aber was lernt man daraus? Dass man immer ein mittelgroßes Köfferchen mit Ersatzkleidung mit sich führen sollte?

Meine Tochter Sanne wollte letztens für einen Kindergeburtstag ihr glitzerndes Prinzessinnenkleid anziehen, das eigentlich ein abgelegtes, abgeschnittenes Abendkleid von mir ist. Ich riet ihr dringend ab. »Alle Kinder werden ganz normal angezogen sein«, sagte ich eindringlich.

»Na und?«, gab sie schulterzuckend zurück und rauschte wenig später im ausrangierten, leicht zerbeulten Abendkleid ihrer Mutter auf die Feier.

Ich sollte Recht behalten: Alle anderen Kinder trugen Latzhosen und Jeans.

»Ich habe Wechselkleidung im Auto«, flüsterte ich Sanne ins Ohr. Aber sie sah mich erstaunt an. »Wieso?«, antwortete sie. »Ich bin doch hier die Allerschönste!«

Und dann entschwebte sie selbstbewusst und amüsierte sich köstlich. Vielleicht sollte man lieber etwas daraus lernen? Vielleicht war ich im Club mit meinem Paillettenkleidchen ja auch die Allerschönste und darum haben mich alle so angeguckt?

Laut Sanne muss es so gewesen sein …

6

Nusstorte ist so lecker

Was tut man nicht alles für sein Wohl? Oder tut man es nicht vor allem für die anderen …

Weil es sich gut anhört zu sagen: »Ich jogge jeden Morgen von 6 bis um 7 Uhr, dann dusche ich kalt und meditiere anschließend bei einer Tasse grünem Tee.« Wer zugibt, dass er einfach lieber Käsesahnetorte isst als gedünsteten Chinakohl, der wird schief angeguckt. Vom Rauchen soll hier erst gar nicht die Rede sein.

Meine Freundin Sandra schaute mich letztens ganz besonders schief an, als ich offen zugab, dass ich weder Mitglied in einem Fitness-Studio bin noch ständig irgendeine Diät mitmache.

»Ich bin einfach ein ganz normaler Mensch«, versuche ich ihr klar zu machen.

»Kein Sport?«, fragt sie ungläubig.

Ich überlege heftig. »Ich stemme jeden Tag 16 Kilo schwere Söhne durch die Gegend und schleppe Einkaufstaschen die Treppe hoch und Mülltüten die Treppe runter!«

Sie schüttelt den Kopf. »Wie ernährst du dich?«

»Indem ich esse«, antworte ich gelassen.

»Und was?«, bohrt sie unerbittlich und reißt die Kühlschranktür auf. Sie tippt an ein Glas Mayonnaise. »So was isst du doch wohl nicht?«

So langsam mag ich mich in meiner eigenen Küche nicht mehr fühlen wie ein Schwerverbrecher.

»Natürlich esse ich die Mayonnaise, oder glaubst du, ich benutze sie als Haarfestiger?«, meckere ich. »Mir schmecken Pommes eben besser mit Mayonnaise.«

»Tanja!«, ruft sie entsetzt. Habe ich etwas Obszönes gesagt?

»Du musst deinen Darm sanieren! Du musst Diät machen, kein Zucker, kein Fett, kein Alkohol, du musst ...!« Sandra kriegt hektische rote Flecken am Hals. »Gleich morgen beginnst du zu fasten!«

»Ha?« Ich habe mich wohl verhört? Morgen kommt meine Schwiegermutter zu Besuch und bringt ihre berühmte Nusstorte mit.

Sandra plappert unermüdlich weiter, von Abführsalz und Einläufen ist die Rede. Damit sie endlich den Mund hält, verspreche ich ihr, gleich am morgigen Tag mit dem Heilfasten zu beginnen. Ganz unter uns: Ich habe natürlich nicht vor zu fasten, ganz zu schweigen davon, mir einen Einlauf zu machen.

Ob man es mir ansieht, wenn ich lüge? Sandra ist jedenfalls nicht überzeugt von meinen Versprechungen und hält mir einen weiteren Vortrag über die »Reinheit von Körper und Geist« und von »Geistesblitzen und Glücksgefühlen«, die über mich hereinbrechen werden.

Das hört sich schon interessanter an. Den einen oder anderen Geistesblitz könnte ich gut gebrauchen.

»Also gut«, höre ich mich sagen. »Ich fange morgen an!«

»Schwör es!«, ruft Sandra. Ich schwöre kleinlaut und mache mich auf den Weg in die Apotheke, um mir Glaubersalz und – einen Einlauf zu kaufen. Irre ich, oder grinst mich der Apotheker an? Na, der kann nur neidisch sein auf meine Glücksgefühle, die schon Schlange stehen, um in mein Leben zu treten.

Leider ist am nächsten Tag nicht das kleinste Gefühlchen anwesend. Mein Magen knurrt mich wütend an, mein Kreislauf lechzt nach Kaffee, Frühstück und Mittagessen. Ich schütte Mineralwasser und lauwarmen Tee in mich hinein und fühle mich elend. Glaubersalz und Einlauf liegen unberührt auf dem Küchentisch. Mir egal. Ich habe Hunger! Schlecht gelaunt setze ich mich auf das Sofa und warte auf ein Glücksgefühl. Stattdessen klingelt das Telefon. Es ist Sandra, die sich nach meinem Wohl erkundigt.

»Alles bestens!«, lüge ich, denn am Telefon kann man es mir ja nicht ansehen. Als ich aufgelegt habe, wird mir schwindelig. Da haben wir es! Der verhungerte Körper rebelliert. Auf dem

Fußboden liegt eine fast leere Chipstüte, die die Kinder liegen gelassen haben. Da sind noch Krümel drin. Ich nehme sie zwischen die Fingerspitzen und blicke mich um. Keiner wird es je erfahren …

Ich mache den Mund auf und lasse mir die salzigen Krümel auf der Zunge zergehen. Was für ein Genuss, was für ein Hochgefühl. Endlich ein erstes Glücksgefühl! Gleich darauf ein Geistesblitz: Ich mag nicht fasten! Soll doch fasten, wer will. Ohne mich!

Doch was ist mit dem Schwur?

Während ich mir ein Wurstbrot einverleibe, arbeitet auch mein Gehirn wieder mit ganzer Kraft und lässt mich wissen, dass ich meinen Schwur ja gar nicht gebrochen habe, denn ich habe ja heute angefangen zu fasten. Dass ich heute auch wieder damit aufhören würde, ist ein ganz anderes Thema.

Sofort überwältigt mich ein außerordentliches Gefühl der Erleichterung. Als ich mir am Nachmittag mit der Schwiegermutter und den Kindern die Nusstorte schmecken lasse, kommt auch Sandra vorbei.

»Du hast noch Kuchen am Mund!«, sagt sie vorwurfsvoll. Dann kichert sie plötzlich: »Ich habe es auch nicht geschafft«, gibt sie zu, und nach einem großen Stück Nusstorte nehmen wir uns vor, in der nächsten Woche gemeinsam nach Plan zu fasten.

Aber schwören werde ich Ihnen bestimmt nichts!

7

Viele Gäste verderben den Brei

Neulich, da hatte mein Mann seine Arbeitskollegen zu einem zwanglosen Abendessen zu uns nach Hause eingeladen.

»Ganz privat entspannt«, erklärte er mir mit angestrengtem Gesichtsausdruck, »aber eben perfekt professionell!«

Am Freitagabend sollten sie kommen, und ich zerbrach mir die ganze Woche den Kopf, was ich koche. Als Vorspeise Suppe und zum Nachtisch Tiramisu, so viel wusste ich bereits. Den Hauptgang wollte ich ganz spontan aus dem Bauch heraus entscheiden.

Der Freitag kam, und mein Bauch hatte nichts entschieden. Also machte ich mich zuerst an die Vorbereitung der Suppe. Als ich dabei war, Champignons und Brokkoli zu zerschnipseln, rief die Kindergärtnerin an und unterrichtete mich mit vorwurfsvollem Unterton, dass meine Söhne Fieber hätten und abgeholt werden müssten. Da wusste ich, dass es ab jetzt nicht mehr sehr entspannt laufen würde.

»Kochen!«, rufen die fiebrigen Jungs, als wir eine Stunde später wieder in die Wohnung treten, und eilen schnurstracks in die Küche. Während Samuel auf die braun angelaufenen Champignons niest, schaltet Max alle vier Herdplatten ein, die kurz darauf genauso rot glühen wie seine Wangen.

»Ihr seid krank und geht ins Bett!«, rufe ich, könnte aber genauso gut einen Vortrag über die Spektral-Serien des Wasserstoffatoms halten, denn es interessiert sich niemand für mich. Also setze ich die Jungs an den Küchentisch, gebe jedem einen Champignon zum Zerhacken und werfe schnell das restliche Gemüse in den brodelnden Kochtopf, damit nicht mehr darauf geniest werden kann. Ich mische Kaffee mit Cognac, lege die Löffelbiskuits hinein, damit sie sich voll saugen können, und wische Samuel die Nase ab. Max stopft sich Champignonkrümel in den Hausschuh, dann klingelt es an der Haustür, und Sanne, mein Töchterchen, kommt aus der Schule. Als ich den eingeweichten Löffelbiskuits wieder meine volle Aufmerksamkeit schenke, sind sie zu Brei zerfallen.

»Ich habe Schularbeiten!«, sagt Sanne und packt munter Bücher, Hefte, Trinkpäckchen und ihr zerfleddertes Schreibmäppchen auf den Küchentisch, zwischen die herumkullernden Eier, den Zucker, die Rührschüssel. Die Jungs holen sich ihre Matchboxautos dazu, und das erste Ei geht zu Bruch, als ein lila Rennauto frontal damit kollidiert. Große Freude in der Küche.

»Wusstest du, dass Seepferdchen Fische sind?«, fragt Sanne, während ich konzentriert neue Kekse einweiche und rechtzeitig wieder herausfische. Ich schalte den Mixer an.

»Das Seepferdchenweibchen legt dem Männchen die Eier in die Brusttasche!«, schreit Sanne. »Und der trägt sie dann fünf Wochen herum!«

Ach, ich wäre so gern ein Seepferdchenweibchen, vielleicht sind die Männchen auch in anderen Lebenslagen clever?

Sanne brüllt weiter: »Also bringt er die Jungen nicht wirklich auf die Welt, er brütet sie nur aus!«

»Besser als nichts!«, brülle ich zurück. Endlich ist aus dem Eiweiß Eischnee geworden. Nun habe ich zu rühren, unterzuheben und aufzuschichten. Die Jungs legen sich leere Eierschalen auf die Köpfe. Während ich dunkelbraunen Kakao auf das Tiramisu riesele, sagt mir Sanne, dass Seepferdchen auch auf dem Rücken schwimmen können. Max niest in meine Richtung, und eine dunkelbraune Kakaowolke steigt auf. »Wie die schrecklichen Heuschreckenschwärme, die in Afrika den Himmel verdunkeln!«, freut sich Sanne.

»Kannst du mal einen Moment den Schnabel halten?«, frage ich sie genervt.

So! Der Nachtisch wäre erledigt. Jetzt muss ich noch die Suppe machen, die Küche aufräumen und mich langsam mal für den Hauptgang entscheiden. »Fischstäbchen mit Pommes!«, schlägt Sanne vor.

»Gummibärchen!«, ruft Sam. Ein Blick auf die Uhr lässt meinen Herzschlag aussetzen. Verzweifelt stöbere ich in der Speisekammer. Was für eine Suppe wollte ich noch mal kochen? Und wie sehe ich aus? Ich muss noch duschen, mich umziehen. Nur die Ruhe. Ach, ja! Gemüsesuppe! Die kocht seit einer geschlagenen Stunde und sieht unappetitlich grau aus. Ich kippe einen Becher Sahne hinein. Es schmeckt nach Abwaschwasser.

»Wer will kosten?«, frage ich. Keiner will. Ich gehe jetzt ins Bad. Hektisch sprühe ich mir Haarspray in die Achselhöhlen und Deo aufs Haar. Und dann werde ich wütend auf meinen Mann. In was für Situationen er mich immer bringt! Ich greife zum Telefon und schlage ihm vor, mit seinen Kollegen ins Restaurant zu gehen und hinterher mit ihnen auf eine Portion Tiramisu und eine Tasse Kaffee nach Hause zu kommen. So gibt es professionell gutes Essen, anschließend einen ganz entspannten, privaten Rahmen, und ich kann mir in Ruhe Eischnee und Rexona aus den Haaren waschen.

»Ein Glück, dass wir dir so viel geholfen haben!«, sagt Sanne stolz. »Sonst hättest du gar nichts geschafft!«

Im nächsten Leben werde ich ein Seepferdchenweibchen!

8

Das Rezept meiner Freundin …

Mit Rezepten ist das so eine Sache. Wenn man sie nicht gerade aus einer Zeitschrift oder einem Kochbuch hat, dann ist meist etwas faul daran …

So wie an den Schweizer Käse-Eckchen. »Kinderleicht!«, sagte meine Freundin Sabine, schrieb mir ein paar Zutaten auf einen Zettel, und ich war hochbeglückt, eine Käse-Eckchen-Eingeweihte zu sein.

»Du mischt das alles zusammen, gießt es auf ein Blech und backst es 25 Minuten lang. Dann zerschneidest du es in Eckchen und fertig!«, erklärte Sabine. So liebe ich Rezepte: einfach und unkompliziert und doch raffiniert lecker. Danke, beste Sabine!

Gleich am nächsten Wochenende wollte ich unsere Nachbarn Nora und Paul mit dieser Spezialität erfreuen. Doch es kam alles ganz anders: Während die Käse-Eckchen-Masse im Ofen backt, entkorkt Robert gut gelaunt eine Flasche Wein, es klingelt an der Tür, die Gäste stehen mit Blumen da, aus der Küche duftet es, wir nehmen Platz, wir stoßen an.

Alles läuft nach Plan. Bis ich in die Küche eile, um mich zu vergewissern, dass sich eine köstliche goldbraune Knusperschicht gebildet hat. Denn das sollte laut Rezept inzwischen passiert sein. Ist es aber nicht! Eine bleiche Masse blubbert mich an, die nicht so aussieht, als ließe sie sich in absehbarer Zeit in krosse, wohlschmeckende Käse-Eckchen zerteilen.

Irritiert schalte ich den Ofen auf volle Kraft und eile zurück ins Wohnzimmer. Paul erzählt vom letzten Spanienurlaub. Ich glaube, Noras Magen knurren zu hören. Robert schenkt ihr

Wein nach. Es wäre jetzt wirklich an der Zeit, eine Kleinigkeit auf den Tisch zu stellen. Wieder gehe ich in die Küche. Von Knusperschicht keine Spur, von goldbraun ganz zu schweigen. »Was ist los?«, meckere ich in den Ofen und versenge mir fast die Haare.

Da macht die Masse »Blubb!«, und es klingt wie eine Beleidigung. Das, was eine Schweizer Spezialität sein soll, sieht aus wie Tapetenkleister. Es riecht zwar gut, aber davon wird ja keiner satt. Robert steht plötzlich hinter mir. »Das sieht nicht lecker aus«, sagt er mit langem Gesicht.

»Das wird schon noch«, beschwichtige ich ihn. Der Kleister ist seit über vierzig Minuten im Ofen. Das ist deutlich länger, als es auf dem Rezept steht, aber vielleicht hat sich Sabine verschrieben und meinte eine Stunde und 25 Minuten? Das ist bestimmt des Rätsels Lösung.

Erleichtert ordne ich meine Frisur und kehre wieder zu unseren Gästen zurück. Robert hat ihnen inzwischen Teddychips vorgesetzt, was ich nicht sehr stilvoll finde. Schließlich gibt es in ungefähr einer drei viertel Stunde ein kulinarisches Häppchen der Sonderklasse. »Gut Ding braucht Weile!«, zitiere ich meine Großmutter und stopfe mir eine Hand voll Teddychips in den Mund.

Die Zeit schleicht dahin. Wieder wird von Spanien erzählt, hauptsächlich geht es dabei ums Essen.

Ich blinzele diskret auf die Uhr. Nach einer halben Stunde gehe ich mit klopfendem Herzen in die Küche. Der Ofen dampft, die Käsemasse ist bleich. Sie sagt auch nicht mehr »Blubb!«, denn sie ist hart wie Beton. Das ist eine Verschwörung.

An diesem Abend verfluche ich Sabine und die gesamte Schweiz mit ihrem löchrigen Käse.

Vorsichtig ziehe ich das Ofenblech heraus und begutachte das, was ich meinen Gästen anzubieten habe: ein unwillig knackendes zementfarbenes Brett. Jetzt zischt es einmal kurz, und an verschiedenen Stellen entweicht heiße Luft.

»Sind das Schweizer Käse-Eckchen?«, fragt Nora, die unbemerkt in die Küche gekommen ist.

»Woher weißt du das?«, will ich wissen und fühle mich elend.

Nora kichert. »Bei mir sahen sie auch so aus, bis ich herausfand, dass Sabine die doppelte Menge Mehl in ihrem Rezept angibt. Außerdem gehören noch 3 Eier hinein!«

»Diese Schlange!«, zische ich und hole Salzbrezeln und Oliven aus der Speisekammer. Heute Abend wird es keine Käse-Eckchen mehr geben.

Als Sabine am nächsten Tag anruft, um sich nach dem Gelingen der Schweizer Spezialität zu erkundigen, sage ich munter: »Ach, einfach köstlich und kinderleicht zubereitet!« Ich habe den Eindruck, dass sie kurz stutzt.

Doch dann hat sie sich wieder im Griff und sagt: »Schön, schön. Sag mal, Tanja, ich habe neulich bei dir so ein besonders leckeres Mousse au Chocolat gegessen. Würdest du mir das Rezept geben?«

Ich grinse breit, doch das kann sie ja zum Glück nicht sehen.

»Aber klar doch!«, flöte ich. »Hast du was zum Schreiben zur Hand? Es ist wirklich kinderleicht ...!«

9

Nette Party bei Möllers

Kennen Sie das: Man ist irgendwo eingeladen und hat überhaupt keine Lust hinzugehen? Und dann wird es doch ganz nett …

Neulich waren wir bei Möllers eingeladen, und ich hatte keine Lust. Überhaupt keine Lust!

Lustlos schminke ich mich, verabschiede mich ausgiebig von den Kindern und beneide den Babysitter, der sich wohlig und Gummibärchen kauend auf dem Sofa räkelt.

»So gut könnte es mir jetzt auch gehen«, flüstere ich Robert ins Ohr, in dem noch ein wenig Rasierschaum klebt.

»Freust du dich nicht?«, fragt Robert und besprüht sich mit Aftershave.

»Nö«, murmele ich und setze mich neben den Babysitter aufs Sofa.

Robert schaut erstaunt auf mich herunter, während ich missmutig auf einem Gummibärchen zu kauen beginne.

»Du bist aber auch nie zufrieden. Vorgestern hast du noch gesagt, du staubst zu Hause noch völlig ein, und wenn du nicht bald mal wieder ausgehen dürftest, würdest du wahnsinnig!«

»Das war vorgestern«, erkläre ich Robert, doch bevor ich mir die Schuhe ausziehen kann und es mir gemütlich mache, hat mich Robert zur Haustür geschoben. »Komm, du Stimmungskanone!«, ruft er.

»Außerdem gibt es heute Abend ›Sex and the City!‹«, murre ich im Hausflur.

»Das guckst du dir doch wohl nicht an?« Robert gibt sich schockiert.

»Doch, jeden Dienstag!«, antworte ich bockig. »Diese Frauen gehen dreimal die Woche auf wirklich coole Partys und haben hinterher stundenlang Sex mit Unbekannten!«

Robert fällt fast die Treppen hinunter, was mich ungemein erheitert. »Möchtest du das denn?«, fragt er und umklammert das Treppengeländer.

Ich kichere boshaft. »Natürlich ...!«, antworte ich. Und nach einer kleinen, genüsslichen Pause: » ... nicht!«

Robert atmet auf und öffnet die Haustür. »Wir gehen jetzt auch auf eine Party und haben ein bisschen Spaß!«

»Ich bin der Meinung, dass die Möller-Party nicht ganz so cool sein wird, wie die ›Sex and the City‹-Partys!«, stänkere ich weiter.

»Wir könnten hinterher Sex haben!«, schlägt Robert freundlich vor, und unsere Nachbarin, die gerade ihren Dackel Gassi führt, schaut uns groß an.

»Stundenlang?«, frage ich meinen Mann. Nachbarin und Dackel warten interessiert auf seine Antwort. Ich auch.

»Geht das denn?«, fragt Robert zurück und blinzelt verunsichert in das Licht der Straßenlaterne.

»Ich mach doch nur Spaß«, lache ich und hake mich bei ihm unter. Da lacht auch Robert sehr laut über meinen Witz, und wenig später erreichen wir die Wohnung der Möllers. Ich lasse mir ein Glas Rotwein einschenken und spaziere in die Küche, wo ein leckeres Büffet aufgebaut ist. Ich esse ein wenig, unterhalte mich hier und da, ziehe mir die Lippen nach und setze mich aufs Sofa. Neben mir sitzt ein schwitzender Mann, der sich politisch ereifert und mich augenblicklich wieder in die Flucht treibt. Es ist erst zehn nach neun und mir ist langweilig. Ich wandere ziellos durch die Gegend, lausche den Wortfetzen eines Männergesprächs: »Olli Kahn ... Scheidung ... blond ... Partys ...!«

Darauf antwortet eine Stimme, die mir sehr bekannt vorkommt, denn es ist die Stimme von Robert: »Verständnis ... hübsch ... mehr Freiheit!«

Mir stockt der Atem. Ist das die Meinung meines mir angetrauten Mannes? Nur weil einer mal ein paar Torschüsse hält, darf er sich doch noch lange nicht aufführen wie ... Ich schnaube vor Wut und eile aus dem Wohnzimmer. Jetzt brauche ich kurz mal einen Moment allein. Das Bad ist besetzt – wie ärgerlich.

Ich wüte über den Flur und stehe vor der Schlafzimmertür. Ob ich hier einfach reingehen darf? Ich muss einfach, denn sonst platze ich. Ich muss mich sammeln. Vorsichtig drücke ich die Klinke und öffne die Tür. Drinnen ist es dämmrig, ein flimmerndes Licht zuckt durchs Zimmer, auf dem Bett liegen mehrere Gestalten und seufzen zufrieden. »Komm rein und mach die Tür zu!«, flüstert eine Stimme. Was ist denn hier los? Und dann höre ich Musik. Es ist eindeutig die Einleitungsmusik von »Sex and the City«, und auf dem Bett räkeln sich vier kichernde Frauen, unter anderem die Gastgeberin. »Es geht los!«, ruft sie mir aufgeregt zu. »Rein oder raus!«

Da gibt es keine Frage, ich hechte mich fröhlich aufs Bett, lachend und kreischend sehen wir uns die Sendung an, und hinterher gucken wir noch zwei »Sex and the City«-Videos. So eine nette Party war das bei den Möllers. Auf dem Nachhauseweg gibt es leider noch diese Grundsatzfrage mit meinem verräterischen Ehemann zu klären.

»Was hast du über Olli Kahn gesagt?«, frage ich kühl.

»Ich habe nur ungläubig wiederholt, was mein Gegenüber behauptet hat!«, erklärt Robert grinsend. »Ich persönlich finde das unmöglich!«

Da habe ich meinem liebsten Ehemann einen Kuss gegeben, und wir sind sehr zufrieden nach Hause gegangen …

10

Kinder, die nicht essen wollen

Wenn Kinder am Essen rummäkeln, kann das höchst anstrengend sein. Vor allem, wenn man drei davon hat und jedes etwas anderes nicht essen mag …

Wenn ich einen Obstsalat auf den Tisch stelle, pult Sanne sofort Ananasstücke heraus, Samuel sortiert die Trauben an den Tellerrand. Und Mäxchen baut einen glitschigen, schiefen Turm aus Bananenscheiben und garniert das Ganze mit ausgekauter Apfelschale. Rosinen mögen sie wohl alle drei nicht.

»Tauscht doch«, schlage ich vor. »Samuel gibt Sanne seine Trauben und kriegt dafür ihre Ananas!«

»Das sind meine Trauben!«, giftet der kleine Bruder. »Aber du magst sie doch nicht«, versuche ich ihn zu überzeugen.

»Trotzdem sind es meine!«, beschließt er und rollt bockig eine weitere lila Weintraube an den Rand seines Tellers. Neben die Rosinen. Sanne reagiert beleidigt. »Seine blöden Trauben will ich sowieso nicht. Und die Ananas gebe ich dann schon lieber Max! Dafür gibt der mir seinen Bananenturm!«

Langsam wird es mir zu kompliziert an diesem Tisch. Es hört sich nach Börsengeschäften an, und seinen Bananenturm will Max auch nicht so richtig rausrücken. Sind meine Kinder etwa verwöhnt?

»Es wird gegessen, was auf den Tisch kommt!«, rufe ich verzweifelt und fühle mich schlagartig in die eigene Kindheit zurückversetzt. Bei Tante Elsa gab es immer Spinat, und den habe ich verabscheut. Den letzten Mund voll habe ich meistens hinter die Schrankwand der Tante gespuckt. Das kam zum Glück erst viele Jahre später heraus, als Tante Elsa umzog. Da war ich schon erwachsen, und keiner konnte mehr mit mir schimpfen. Diese Geschichte sollte ich meinen Kindern besser nicht erzählen, sonst finde ich bei unserem nächsten Umzug so allerlei Ausgespucktes hinter dem Sofa, denn eine Schrankwand haben wir zur Sicherheit gar nicht.

Sanne hegt neuerdings eine große Abneigung gegen Champignons, und da sie theatralisch veranlagt ist, mimt sie eine Ohnmacht, als ich einen Teller voller Nudeln und Tomatensoße vor sie hinstelle, in der sich einige Pilzscheiben befinden.

»Champignons!«, kreischt sie, »Die esse ich nicht!«

»Seit wann?«, frage ich kühl.

»Noch nie!«, kreischt sie weiter und hält sich die Hand vor den Mund.

»Ich auch nicht!«, ruft Samuel begeistert. »Noch nie!«

Max, mein goldiges Nesthäkchen, schüttelt ungläubig den Kopf. »Lecker Champingpong!«, ruft er. Dann beginnt er allerdings, die Soße von den Nudeln zu trennen.

»Schluss!«, rufe ich wütend.

»Ich möchte nur Nudeln mit Sauce ohne Pilze«, sagt Sanne hinter ihrer Hand hervor.

»Und ich möchte nur Nudeln ohne Sauce«, ruft Samuel.

»Ich nur Champingpong«, kreischt Max.

»Ihr esst es so, wie es auf eurem Teller liegt, oder ihr lasst es bleiben!« Ich blicke so streng ich kann.

»Es schmeckt uns aber nicht«, sagt Sanne.

»Letzte Woche hat es euch so gut geschmeckt, dass ihr die Teller abgeleckt habt«, erinnere ich sie. »Aber diese Woche mag ich eben keine Champignons mehr!«, verteidigt sich Sanne, und ich frage mich erschrocken, ob das bereits eine vorpubertäre Gefühlswallung sein könnte und ein kleiner Vorgeschmack auf das, was noch kommt, wenn sie erst ein unverstandener, pickeliger Teenager ist. In diesem Moment solidarisiert sich Samuel mit ihr und quakt: »Ich mag diese Woche auch keine Champignons mehr!« Ein Vierjähriger ist noch nicht vorpubertär, und das beruhigt mich sehr. Meine Kinder sind einfach verwöhnt. Was die Angelegenheit nicht gerade erleichtert.

»Pech gehabt!«, sage ich herzlos. »Dann gibt es eben nichts zu Mittag.« »Nachtisch!«, ruft Sam.

»Nichts!«, schnauze ich. Sechs Kinderaugen starren mich an. »Sie lässt uns verhungern«, flüstert Samuel, und entsetzt verlassen die Kinder die Küche. Ich schütte das unberührte Essen zurück in den Topf, koche mir eine Tasse starken Kaffee und setze mich an den Küchentisch, um die Speisekammer zu bewachen. Nach einer Weile pirscht sich Samuel heran. »Uns ist langweilig!«, nörgelt er.

»Prima!«, rufe ich, »wir gehen auf den Spielplatz.« Das tun wir dann auch. Es wird geschaukelt und gewippt, gebuddelt und geklettert. Es gibt keinen Keks, keine Waffel. Ich bleibe mütterlich hart. Als wir am frühen Abend nach Hause kommen, rufen die Kinder: »Hunger!«

»Ich habe da ein paar Nudeln mit Pilzen und Tomatensauce«, schlage ich listig vor.

»Wir können ja mal kosten«, lispelt Sanne, doch als die gefüllten Teller auf dem Tisch dampfen, wird nicht lange gezögert. Rot verschmierte Münder mampfen selig Nudeln, Champignons, Sauce.

»Champignons muss man unbedingt zweimal erwärmen, dann schmecken sie so richtig lecker«, erklärt Sanne mit vollem Mund und grinst mich ein bisschen vorpubertär an.

»So lecker wie letzte Woche«, bestätigt Samuel.

»Champingpong«, schmatzt Max, und dieses Mal habe ich gewonnen.

11

Ich kann nicht einschlafen

Kennen Sie das? Man ist müde, geht ins Bett, schläft ein – alles wunderbar. Und mitten in der Nacht wacht man auf – und dann ...

Dann kommen einem tausend und ein Gedanke, man hat Durst, Hunger, macht sich Sorgen, kriegt Kopfweh und das allerschlimmste: Man kann nicht wieder einschlafen. So ergeht es mir manchmal. Zum Beispiel letzte Nacht:

Eben noch im Reich der Träume, wache ich plötzlich auf. Was ist los? Gibt es einen Grund? Ich lausche in die Finsternis. Neben mir atmet Robert tief und fest. Wieso schnarcht er nicht? Bestimmt bin ich deswegen aufgewacht. Es ist kurz vor halb drei. Wo ich schon mal wach bin, kann ich ja schnell nach den Kindern sehen. Sie schlafen tief und fest. Wunderbar!

Ich lege mich wieder ins Bett, decke mich zu, schließe die Augen und ... es beginnt, im Kopf zu rotieren. Ich kann beinahe hören, wie die Zahnräder der Gehirnkammern ineinander greifen und sich unermüdlich drehen. Um Gottes willen, morgen ist Sanne bei einer Schulfreundin eingeladen, und ich habe weder ein Geschenk gekauft, noch habe ich einen blassen Schimmer, wo das Kind wohnt. Ich weiß nicht einmal, wie es heißt.

Und wollte die Schwiegermutter morgen oder übermorgen zu Besuch kommen? Wann habe ich meinen Zahnarzttermin? Ich reiße die Augen auf.

Wenn ich mir das jetzt nicht schnell notiere, dann gerate ich morgen in einen schrecklichen Tag. Ich mache das Licht an und schreibe mir alles auf. So! Jetzt kann ich bestimmt schlafen.

Kann ich aber nicht, denn ich fange an, mich über meine

Nachbarin zu ärgern. Die, die unter uns wohnt und sich dauernd über Kinderlärm beschwert. Wenn ich sie das nächste Mal treffe, werde ich ihr sagen: »Kinder darf man nicht immer beschränken!«

Oder besser: »Sind Sie denn nie ein Kind gewesen?« Oder noch besser ignoriere ich sie hoheitsvoll.

Ich könnte mich grün ärgern über diese Person und stelle bald fest, dass man nicht einschlafen kann, wenn man sich ärgert. Also gut, ich werde mir ein paar nette Gedanken machen.

Ich stelle mir eine Blümchenwiese vor, auf der ein weißes Einhorn steht und grast. Es ist wunderschön, und als es den Kopf hebt, sehe ich, dass es saphirblaue Augen hat. Ich möchte es streicheln, doch es weicht zurück und sagt mit der quäkigen Stimme der Nachbarin: »Ihre Kinder machen viel zu viel Radau!«

Ich wälze mich herum. Mein Herz klopft wütend. Die Heizung schließt sich an. Klopf, klopf, klopf. Auch der Wecker tickt neuerdings so laut. Direkt in mein Ohr hinein. Gleich werde ich wahnsinnig.

Mit einem lauten Seufzer stehe ich auf und stolpere in die Küche, um mir einen Fencheltee zu machen. Während ich darauf warte, dass das Wasser kocht, lese ich in einer Zeitung, die auf dem Küchentisch herumliegt, und das hätte ich wirklich vermeiden sollen. Den Kopf voller Terror, Weltkrieg und Morddrohungen, kann mich auch ein Fencheltee wenig später nicht beruhigen. Ich trinke ihn mit kleinen Schlucken, gehe deprimiert zurück ins Bett und denke darüber nach, ob ich nach Kanada auswandern sollte.

In einem Blockhaus mitten im Wald könnten meine Lieben und ich in Frieden leben und würden von den Schrecken dieser Welt nichts mehr mitbekommen. Ich habe kalte Füße. Die Heizung klopft noch immer. Den Wecker habe ich unters Bett geworfen. Ruhe jetzt! Im Oberstübchen knirschen die Gehirnwindungen wie Mühlräder.

Also, das mit dem Auswandergedanken nach Kanada sollte ich unbedingt noch schnell aufschreiben, sonst habe ich es morgen früh vergessen. Ich mache Licht, schreibe und sacke in die Kissen zurück.

Ob ich ein bisschen lesen sollte? In einem lieblichen Liebesroman? Auf meinem Nachttisch liegt nur etwas von Stephen King und das ist nicht gerade die Lektüre, die ich jetzt brauche. Also, Licht aus und Schäfchen gezählt. Eins ... zwei ... drei ... Wie langweilig, aber das ist der Trick an der Sache.

Siebenundneunzig, achtundneunzig ...! Bei mir scheint es nicht zu funktionieren. Ob es in Kanada Bären im Wald gibt? Und Giftschlangen?

Hundertelf, hundertzwölf ... »Kümmern Sie sich um Ihre eigenen Angelegenheiten!«, könnte ich der Nachbarin sagen. Ich gebe das Schäfchenzählen auf und mache mir wieder nette Gedanken, aber da biegt das blöde Einhorn um die Ecke, und bevor es etwas sagen kann, stehe ich auf, um aufs Klo zu gehen. Zu viel Fencheltee drückt auf meine Blase.

Am nächsten Morgen haben wir alle verschlafen, denn der Wecker lag ausgeschaltet unterm Bett. Und nach Kanada sind wir auch nicht ausgewandert. Noch nicht! Ich bleibe vorerst ... schlaflos in Berlin.

12

Ich wollte nur Schuhe kaufen ...

Was man sich vornimmt und was herauskommt – das sind oftmals zwei unterschiedliche Paar Schuhe. Und da habe ich schon mein Stichwort: Schuhe!

Neulich, da nahm ich mir vor, einmal alle meine Schuhe im Schuhschrank zu putzen. Und bevor ich überhaupt angefangen hatte, fiel mir auf, dass ich keinen einzigen vernünftigen Sommerschuh mehr hatte.

Alle waren zertreten, zerkratzt oder längst nicht mehr modisch aktuell. Also beschloss ich spontan, mir ein Paar nette, neue Schuhe zu leisten und eilte voller Kaufeifer auf den Kurfürstendamm. Das macht auch viel mehr Spaß, als Schuhe zu putzen.

Gut gelaunt betrat ich das erste Schuhgeschäft und begutachtete die neue Mode. Das war mir alles zu extrem: zu spitz, zu hoch, zu teuer. Schließlich probierte ich einen hübschen Schuh an und drehte mich vor dem Spiegel. Bildschön, aber ganz schön eng.

Meine Güte, weiter als bis zu dem Regal mit den Hausschuhen da hinten, würde ich nicht kommen. Schnell zog ich die Foltergeräte wieder aus und schlüpfte dankbar in meine ausgetretenen, alten Schuhe. Jetzt brauchte ich erst mal ein Tässchen Kaffee zur Stärkung, danach würde ich mir ein Paar Schuhe kaufen.

Wenig später saß ich auf einer sonnenbeschienenen Kaffeehausterrasse und genoss das Leben. Ich schlürfte Kaffee, aß ein winziges Stück Kirschtorte und beobachtete die vorübergehenden Passanten. Was für ein hübsches Kleid diese Frau da drüben

Delikat

anhat. So luftig und blumig und wie verliebt ihr attraktiver Begleiter sie gerade anlächelt. Ach, ja ... vielleicht sollte ich mir lieber ein neues Sommerkleid anschaffen? Und damit mein liebster Ehemann mich auch mal wieder verliebt anguckt, könnte ich ja ein romantisches Candlelight-Dinner auf dem Balkon organisieren. Noch heute Abend, beschloss ich, trank den Kaffee aus und machte mich auf den Weg in den nächsten Supermarkt. Wie wäre es mit Crevettencocktail und italienischer Gemüseplatte? Und hinterher ein hausgemachtes Tiramisu? Ja, die Italiener können gut kochen. Sie können überhaupt jede Menge: singen, fremdgehen und Mode machen – z. B. Schuhe produzieren. Ach, du Schreck. Ich wollte ja eigentlich Schuhe kaufen, aber das würde ich nach dem Lebensmitteleinkauf und der Blümchenkleidsuche erledigen.

Im Supermarkt kaufte ich allerlei Köstlichkeiten für den romantischen Abend und kam wenig später tütenbeladen an einem Blumengeschäft vorbei. Statt Blümchenkleid könnte ich erst mal richtige Blümchen kaufen und zwar für die Balkonkästen. Die Geranien vom Vorjahr sind etwas struppig aus dem Keller zurückgekehrt, und ich beschloss, jetzt und sofort neue zu besorgen. Weiße Geranien! Das hat doch etwas sehr Edles. Oder doch lieber das klassische Rot?

Grübelnd setzte ich meine Tüten auf dem Straßenpflaster ab, hockte mich zu den Geranien und schielte zu den Petunien rüber. Ich entschied mich für ein temperamentvolles Pink. Pinkfarbene Fuchsien! Die finde ich wirklich sehr schön. An der Kasse machte ich noch einmal kehrt. Weiße Geranien gefallen mir doch besser. Sie werden in lauen Sommernächten aus der Dunkelheit leuchten wie Sterne.

Ich seufzte. So ein richtig schönes Candlelight-Dinner muss wohlgeplant sein.

Aber was nützt die perfekt organisierte Umgebung, wenn die gegenüber sitzende Dame selbst aussieht wie eine struppige Geranie vom Vorjahr?

Ich nahm einen Umweg an meiner Lieblingsboutique vorbei und stellte mal wieder meine immer zahlreicher werdenden Tüten ab. Schnaufend blickte ich ins Schaufenster und sah nicht etwa ein Blümchenkleid, sondern einen hellroten Hosenanzug.

Ich probierte ihn an und war begeistert. So was nennt man »Schicksal!« Zum Glück hatte ich vorhin nicht die pinkfarbenen Fuchsien gekauft, die würden gar nicht zu meinem neuen Outfit passen.

Mit einer weiteren Tüte schleppte ich mich nach Hause und bereitete alles vor für einen romantischen Abend, damit mein Mann mich auch mal wieder verliebt anguckt. Und das tat er dann auch.

»Wie bist du auf diese nette Idee gekommen?«, fragte er mich und schlürfte genießerisch perlenden Prosecco.

»Das ist eine lange Geschichte!«, antwortete ich wahrheitsgemäß. Die weißen Geranien leuchteten dermaßen lieblich aus dem Dunkel des lauen Frühlingsabends dass es gar nicht weiter auffiel, dass ich unterm schön gedeckten Tisch zerlatschte, zerkratzte Schuhe trug.

Während ich verträumt auf einer italienischen Olive kaute und meinem Mann in die nussbraunen Augen sah, nahm ich mir vor, gleich nächste Woche neue Schuhe zu kaufen. Ich bin schon sehr gespannt darauf, was dabei herauskommen wird. Denn Sie wissen ja: Was man sich vornimmt und was dabei herauskommt, das sind oftmals zwei unterschiedliche Paar Schuhe ...

13

Meine Tochter wird Königin

»Was willst du mal werden, wenn du groß bist?«, fragt Tante Helga mein inzwischen neunjähriges Töchterchen. »Königin!«, lautet die Antwort.

Auf mein entsetztes »Warum?«, erklärt mir meine Tochter mit wahrhaft majestätischer Geste: »Weil ich dann in einem netten Schloss wohne und goldene Schuhe trage und den ganzen Tag Schokolade essen kann.«

Ich starre mein Kind an. Also, von mir hat sie diese Lebenseinstellung nicht! Gegen ein nettes Schloss hätte ich allerdings nichts einzuwenden ... Aber gleich eine Königin sein?

Die Tante guckt pikiert. »Wieso wirst du nicht Sekretärin?«, fragt sie, weil sie selbst mal eine war.

»Langweilig«, mosert Sanne, »dann lieber Perlentaucherin!« Der Abstieg von einer Königin zur Perlentaucherin fällt ihr offensichtlich gar nicht schwer, und ich bin erleichtert. Dann hatte sie es mit den oberflächlichen, materiellen Einstellungen wohl doch nicht so ernst gemeint. »Oder vielleicht etwas mit Pferden?«, grübelt Sanne und nimmt nachdenklich einen Schluck Kakao. Aha, vom Strand führt es sie jetzt sogar in einen Stall.

»Denk mal in Ruhe drüber nach«, sage ich sanft. »Du hast ja noch so viel Zeit!«

»Nein, nein, ich weiß es schon!«, ruft Sanne. »Ich werde Königin!«

Die Tante schüttelt den Kopf, und ich zerbreche mir meinen, wie man dem Kind klar machen kann, dass zu viel Schokolade ungesund ist und goldene Schuhe drücken.

»Was wolltest du denn werden, als du klein warst?«, fragt Sanne mich plötzlich, und ihre Augen schauen munter.

»Iiiich?« Da muss ich gar nicht lange nachdenken. »Ich wollte Kassiererin werden«, rufe ich laut und begeistert, und die Tante kann gar nicht mehr aufhören, den Kopf zu schütteln.

»Warum?«, fragt Sanne interessiert. Ein verzücktes, erinnerungsseliges Lächeln legt sich auf mein Gesicht. »Ach«, sage ich, »ich hatte als Kind so einen tollen Kaufmannsladen mit einer dicken Kasse, die hat geklingelt, wenn sie sich öffnete und war voller Geld ...«

»Und wieso bist du dann nicht Kassiererin geworden, sondern schreibst langweilige Kolumnen?«, will Sanne erfahren. »Das hat sich eben so ergeben. Man kann nicht alles im Leben planen!«, antworte ich weise. Sanne schweigt betroffen. »Und außerdem sind meine Kolumnen nicht langweilig«, verteidige ich mich.

Nun grinst das Kind und tätschelt meine Hand. »Wenn ich Königin bin, kannst du mit deiner Schreibmaschine in meinem Schlossgarten sitzen und in aller Ruhe schreiben!«

Die Tante räuspert sich nervös. Bestimmt will sie auch im Schlossgarten sitzen. »Von welchem Land willst du denn die Königin werden?«, frage ich Sanne. »Von England natürlich!«, ruft sie. »Ich heirate Prinz William!«

Kurz darauf verabschiedet sich Tante Helga, sie murmelt noch etwas von »Flausen« und »soliden Berufen«, dann klappt die Tür, und sie ist fort.

»Prinz William ist viel zu alt für dich«, rufe ich.

»Das sind doch bloß 11 Jahre!«, lächelt Sanne ergeben und zieht sich in ihre Gemächer zurück. Kurz darauf erschallt Bibi Blocksbergs »Hex-Hex«-Lied durch die Wohnung. Wahrscheinlich will meine Tochter morgen eine Hexe werden, beruhige ich mich. Oder doch eine Perlentaucherin. Vielleicht sollte ich ihr einen Kaufmannsladen besorgen? Bevor ich Verkäuferin werden wollte, fand ich den Beruf des Schornsteinfegers interessant: Dem Himmel so nah, und keiner konnte schimpfen: »Mach dich nicht wieder dreckig!« Ob ich ihr das mal vorschlagen sollte?

Am nächsten Morgen beim Frühstück sagt Sanne: »Ich habe es mir überlegt!«

»Ha«, denke ich, »jetzt wird sie vernünftig.« »Ich werde Sängerin bei ›Deutschland sucht den Superstar‹«, verkündet sie strahlend wie ein Stern am Pophimmel und singt erstaunlich falsch: »Take me tonight ...!« Ich stöhne. »Weißt du Sanne-Schatz ... du wirst einfach das, was du dir von Herzen wünschst, wenn es so weit ist«, sage ich. Sanne grübelt.

»Gut!«, sagt sie. Am nächsten Tag will sie wieder Stallmeisterin werden. Und am übernächsten doch wieder Königin von England. »Denn die hat ja so viele Ställe, wie sie will, und kann den ganzen Tag Pferde striegeln und ausmisten!«, erklärt mir Sanne mit großen Augen.

Tante Helga rief neulich bei uns an. »Und?«, hat sie gefragt. »Wird Sanne immer noch die Königin von England?«

»Hahaha!«, habe ich laut gelacht. »Das sind doch nur Kindereien!«

Gestern hat Sanne einen Brief an Prinz William geschrieben, denn meine Tochter ist der Meinung, dass man manches im Leben eben doch planen sollte. Ich werde Sie über den Stand der Dinge informieren. Und wenn ich in zehn Jahren meine Geschichten im königlichen Hofgarten schreiben sollte, ist mir das auch recht!

14

Ich will nur ohne Mann einkaufen ...

Sind sie Ihnen auch schon mal aufgefallen? Diese gemeinsam einkaufenden, etwas älteren Ehepaare im Supermarkt ...

Die Herren offensichtlich frisch pensioniert und ratlos, wie sie so einen lieben, langen Tag herumbringen sollen. Den dazugehörenden Ehefrauen steht oftmals die blanke Panik ins Gesicht geschrieben und das Haar wirr vom Kopf – denn wahrscheinlich hat ihr übereifriger Gatte ihnen gerade die Küchenschränke umgeräumt, sämtliche Vorratsdosen etikettiert und ihnen erklärt, wie so ein richtiger Haushalt zu laufen hat.

Mein Ehemann Robert ist noch lange nicht pensioniert, dennoch stand mir neulich die blanke Panik ins Gesicht geschrieben, denn ebendieser liebste Ehemann beschloss, mich bei meinem Wochenendeinkauf zu begleiten. Es fing alles ganz harmlos an. »Ich werde dir tragen helfen«, sagt Robert beim Frühstück Sonnabendfrüh.

»Pass lieber auf die Kinder auf«, widerspreche ich freundlich. »Die gehen solange zu Frau Krause nebenan, die freut sich«, beschließt Robert.

»Frau Krause im Nachbarhause«, kichert Sanne. Wenn er unbedingt will, soll er mitkommen, sage ich mir und ahne nichts Böses.

»Hast du eine Liste geschrieben?«, fragt Robert mit konzentriertem Gesichtsausdruck, nachdem wir die Kinder bei Frau Krause abgegeben haben und in den Supermarkt treten. »Nö!«, lache ich. »Das hat keinen Sinn, die verliere ich oder lasse sie zu Hause liegen.«

ATA
Bio

Robert runzelt die Stirn. »Hast du so einen Chip für den Einkaufswagen?«, fragt er weiter. »Ich habe etwas viel Besseres!«, rufe ich. »Ich habe noch ein Markstück. Ist das nicht süß?«

»Wieso hast du keinen Chip?«, fragt Robert, und zu meinem Erstaunen klingt er ernsthaft interessiert. »Weil ich noch dieses Markstück besitze«, stöhne ich. »Jetzt lass uns anfangen, sonst kriegt Frau Krause einen Nervenzusammenbruch!«

Andächtig schiebt Robert den Wagen durch die Reihen. »Brauchen wir Pfirsiche aus der Dose?«, fragt er. Ich schüttele den Kopf und denke nach. »Wie wäre es mit Schwarzwurzeln?«, unterbricht er meinen Denkstrom. »Nein!«, rufe ich und vergesse augenblicklich, was mir gerade eingefallen war.

»Es ist doch sicher interessant für dich, mal mit jemandem einkaufen zu gehen, der dich auf Dinge aufmerksam macht, die du sonst nicht bemerkt hättest.« Robert schaut zufrieden in die Gegend und greift dann nach einer Büchse mit Makrelenfilets in Tomatensoße.

»Das essen die Kinder garantiert nicht«, sage ich, und mir fällt ein, dass ich Toilettenpapier kaufen wollte.

»Ich habe diese Makrelenfilets als Kind zu gerne gegessen«, schwärmt Robert und häuft 10 Dosen in den Wagen, »du wirst sehen, die Kinder werden sie lieben.« Ich seufze. »Im Notfall kannst du sie ja dann essen.« Robert lenkt den Wagen in die Obst- und Gemüseabteilung. »Halt!«, rufe ich. »Nach links: Ich brauche Klopapier und Milch.«

»Aber Obst brauchen wir doch sicher auch, wie gut, dass ich mitgekommen bin, was?«

Robert stapelt matschige Erdbeeren in den Wagen und fünf grüne Gurken. »Robert!«, rufe ich, und das hallt ein wenig schrill durch den Supermarkt. »Robert, ich habe noch zwei Gurken zu Hause! Ich brauche Tomaten und noch etwas, was ich gerade vergessen habe, weil du mich wahnsinnig machst!«

Beleidigt lässt er einen Beutel mit Kartoffeln in den Wagen plumpsen, auf die matschigen Erdbeeren. »Tja«, giftet er. »Wenn du keine Liste schreibst, gestaltet sich der Einkauf eben schwieriger.«

Und dann steuert er zur Wursttheke und bestellt 500 Gramm Pfeffersalami. »Die Kinder essen keine Pfeffersalami«, meckere ich mit ihm. »Aber ich«, zischt er zurück. Als er sieht, wie groß ein Beutel mit 500 Gramm Pfeffersalami ist, fragt er die Verkäuferin, ob die Wurst sich einfrieren lässt. »Siehst du«, flüstert er dann triumphierend, »so kauft man praktisch und vorausdenkend ein!«

In der Glasscheibe der Wursttheke sehe ich deutlich, wie mein Gesicht einen panischen Zug annimmt. Wie viele Jahre sind es noch bis zu Roberts Pensionierung? Sehr, sehr viele, errechne ich erleichtert und lasse ihn weitere 500 Gramm Pfeffersalami kaufen, weil sie gerade im Angebot ist und sich so wunderbar einfrieren lässt.

»Jetzt aber das Klopapier«, sage ich, bevor Robert eine Ochsenzunge oder ein Spanferkel kaufen kann und versuche, die Kontrolle über den Einkaufswagen zurückzugewinnen.

»Brauchen wir nicht Spülmittel?«, fragt Robert und entschwindet mitsamt Einkaufswagen in den Untiefen der Süßigkeitenabteilung.

»Noch 25 Jahre bis zur Pensionierung«, sage ich mir leise, aber unentwegt. »Und wenn es so weit ist, spielt Robert vielleicht gerne Golf oder geht angeln.« Vielleicht sollte ich ihn beizeiten in einem Verein anmelden. Die Hobbys seines Ehemannes sollte man pflegen! Damit man auch im Alter noch unbeschwert einkaufen gehen kann und keine umgeräumten Küchenschränke vorfindet, wenn man wiederkommt.

15

Ich hatte doch alles so gut geplant …

Es geht nichts über eine gute Organisation, dann geht nichts schief? Das habe ich mir neulich auch gedacht und für unseren morgigen Ausgeh-Abend alles parat gehabt: Babysitter, Outfit, Abendessen für die Kinder …

Nur den Faktor: »Unberechenbarkeit des Schicksals« habe ich außer Acht gelassen. Und so stehe ich da: geschminkt. Rot lackiert hatte ich meine Nägel bereits am Vortag, denn man ist ja gut organisiert.

Frohen Mutes greife ich also in den Kleiderschrank, um mein neues rotes Kleid herauszuholen. Schick! Ich schwenke es auf seinem Bügel noch einmal durchs Zimmer, dann ziehe ich es an und merke, dass das Rot des Kleides so gar nicht zu dem Rot meiner Fingernägel passen will. Die sind nämlich kirschrot, das Kleid sieht neuerdings eher orange aus.

Hektisch drehe ich mich vor dem Spiegel, die Flecken, die sich dabei auf meinem Hals bilden, passen wiederum recht gut zum Kleid. »Unmöglich!«, zische ich. »Das beißt sich!«

»Wer beißt dich?«, fragt Sanne, die im Nachthemd herangeschlichen ist und mir zuschaut.

»Ich beiße dich gleich«, knurre ich. »Geh ins Bett!«

»Erst wenn du mir sagst, was los ist!« Sanne guckt mich mit ihrem Erpresserblick an.

Ich seufze: »Passen die beiden Rottöne zusammen?«, frage ich sie.

»Nein!«, antwortet das Kind und geht ins Bett.

Schwitzend wühle ich im Badezimmerschrank, stoße auf ein

orangerotes Nagellack-Fläschchen und pinsele mir die Hälfte davon auf die Nägel. Na, also. Jetzt brauche ich mir nur noch den kirschroten Lippenstift abzuwischen und mir eine nette Frisur zu machen.

Aber wie? Mit den dick lackierten Nägeln?

Ich schwitze stärker, was zur Folge hat, dass sich hässliche Flecken unter meinen Achseln bilden. Eine Ecke des Kosmetiktuchs bleibt mir am Daumen kleben, während ich mir den Kirschmund wieder abschminke.

Fluchend pule ich an meinem Daumen herum und zerdelle mir den Lack, der überhaupt nicht daran denkt zu trocknen.

Während ich meine Hände durch die Luft wedele, werfe ich einen Blick auf die Uhr, was mir ein paar zusätzliche hektische Hetzflecken auf dem Hals beschert.

Wenigstens die Schuhe könnte ich mir anziehen. Während ich wedelnd zum Schuhschrank eile, stoße ich mir die rechte Hand an der Tür und ruiniere mir dabei gleich drei Nägel auf einmal.

»Wir müssen los«, ruft Robert.

»Nein!«, kreische ich und flitze auf Absätzen zurück ins Bad.

Mit spitzen Fingern kämme ich meine Haare, drehe sie vorsichtig auf, stecke alles fest. Dann begutachte ich meine Fingernägel. Seufzend greife ich zum Nagellackentferner, doch insgesamt sechs Schichten zwei verschiedener roter Lacke lassen sich nicht mal eben entfernen. Als ich im Spiegel feststelle, dass mein Kleid nass geschwitzt und zerknittert ist, löst sich die erste Haarsträhne meiner mit zu zaghaften Fingern gestalteten Frisur, und gerade ruft Robert zum zweiten Mal: »Tanjaaaa! Wir müssen looos!«

Ich ziehe das Kleid aus und spüre, dass ich gleich ein bisschen weinen muss. Das wäre allerdings meinem Augen-Make-up nicht gerade zuträglich, also lasse ich es bleiben.

Nun stehe ich wieder vor dem Kleiderschrank. »Nur die Ruhe«, meckere ich hinein und höre aus dem Kinderzimmer ein kleines Stimmchen: »Mama, was machst du für Krach?«

Du meine Güte, ich habe die Jungs geweckt. Jetzt komme ich nicht mehr so einfach davon. Ich werde noch zweimal »La, Le, Lu« singen müssen, oder öfter, je nachdem wie viele Kinder nun wach sind.

Ich gehe ins Kinderzimmer. Alle sind wach!

Ich singe sechsmal »La, Le, Lu«, streiche über drei Köpfchen, puste böse Träume aus dem Zimmer, und dann sagt Samuel schläfrig: »Wieso bist du in Unterhose? Du wolltest doch weggehen!«

»Ach, nee«, sage ich.

»Du solltest dich beeilen, denn so kannst du nicht gehen«, mahnt mich mein Sohn und gähnt herzhaft.

Als ich zurück ins Bad stürme, stoße ich auf Robert, der entsetzt auf meine rot verschmierten Hände sieht. »Hast du gerade einen Büffel geschlachtet?«, scherzt er.

»Nein!«, rufe ich verzweifelt, und dann schluchze ich viel Unverständliches und Feuchtes in die Krawatte meines erstaunten Mannes.

Von Kirsch- und Orangerot ist die Rede, von hektischen und schwitzigen Flecken, von überpünktlichen Babysittern, drängenden Ehemännern und von der Ungerechtigkeit, die auf dieser Welt herrscht. Mein Augen-Make-up ist dahin und Roberts Krawatte ebenfalls.

Kurz darauf wird der Babysitter nach Hause geschickt, und ich gehe ganz zufrieden mit einem Glas Weißwein, einem Buch und einer lilafarbenen Schönheitsmaske im Gesicht in die Badewanne.

Mein Tag ist zu Ende und den morgigen werde ich mal unorganisiert auf mich zukommen lassen. Ich glaube, das liegt mir mehr …

16

In der Küche schlug eine Bombe ein

Ich habe eine Freundin, die heißt Petra und wohnt in Köln. Das klingt nicht sehr spannend, aber diese Kölner Petra beschloss neulich, mich übers Wochenende zu besuchen.

Sie wollte mir ein bisschen mit den Kindern helfen, weil Robert, der bekanntlich liebste Ehemann, auf Geschäftsreise war …

»Hallo, Kinderlein!«, ruft Petra, als sie die Wohnung betritt, ihre Reisetasche, eine Zeitschrift und ein Paar Sandalen in die Ecke wirft und Schokoriegel verteilt, die die Kinder in sich hineinschlingen, als hätten sie noch nie Schokolade gegessen.

»Nach dem Essen!«, will ich noch rufen, aber zu spät: Drei kleine Mägen sind gefüllt mit Mars-Riegeln, und von Gemüse-Reis will keiner mehr etwas wissen. Auch Petra nicht. Vielleicht sollte ich noch kurz anfügen, dass Petra keine eigenen Kinder hat, nur zwei Perserkatzen.

»Und jetzt«, kreischt Petra, »bauen wir eine Höhle!«

»Jaaaaa!«, brüllen die Kinder und sind mit ihr auf und davon, Richtung Wohnzimmer. Aufseufzend gehe ich in die Küche, setze mich an den Tisch und esse eine einsame Portion Gemüse-Reis. Ich habe schließlich keinen Schokoriegel abbekommen.

Vielleicht sollte ich die Zeit nutzen und einen Brief an Onkel Alfred schreiben oder ein paar überfällige Rechnungen bezahlen gehen? Im Wohnzimmer scheppert es. Ich höre Petra lachen, Fußgetrappel, Stühle werden gerückt, oder gar Schränke? Vorsichtig spähe ich um die Ecke. Das Wohnzimmer hat sich in eine urzeitliche Höhlenlandschaft verwandelt. Die Zimmerpal-

me steht auf dem Esstisch, überall liegen Tischdecken herum, bedecken Sessel, spannen sich über das Sofa. »Hallo?«, rufe ich angstvoll in dieses Durcheinander. Es wird gekichert und an einer Tischdecke gezogen. Die Zimmerpalme erbebt. »Such uns doch!«, ruft jemand, und es klingt sehr nach Petra.

»Ich gehe mal eben zur Bank!«, rufe ich zurück und drehe mich schnell um, weil mich der Anblick meines zertrümmerten Wohnzimmers irgendwie nervös macht. So eile ich aus dem Haus, gehe noch zum Bäcker und in die Fleischerei und mache mich schließlich mit mulmigem Gefühl auf den Heimweg.

Das Wohnzimmer sieht noch genauso aus wie vorhin. Doch dafür hat sich die Küche sehr verändert.

»Wir machen Popcorn!«, ruft Sanne, die am Herd steht und emsig in einem qualmenden Topf rührt. »Zauberkörner! Die hat Petra mitgebracht!«, ruft Samuel, und seine Stimme zittert vor Wertschätzung. Da schießt das erste explodierte Maiskorn durch die Küche, das nächste lässt nicht lange auf sich warten. Die Kinder kreischen verzückt. »Den Deckel drauf!«, kreische ich weniger verzückt. »Huch!« Petra biegt sich vor Lachen. »Wo gibt es hier einen Deckel?«

Ein Deckel wird nicht so schnell gefunden, überall knirscht Zucker, liegen Popcorn futternde Kinder herum. Selten habe ich sie so glücklich gesehen. »Und jetzt?«, fragt Sanne mit vollen Backen.

»Jetzt wird aufgeräumt!«, beantworte ich ihre Frage. Drei vorwurfsvolle Kinder-Augenpaare ruhen auf mir. Ich elende Spielverderberin, ich fange glatt an, mich zu schämen. Doch da kriege ich unerwartete Rückendeckung von Petra. Sie steht auf, schüttelt ein paar Brocken klebriges Popcorn aus ihrem Haar und sagt: »Genau. Ihr räumt ein bisschen auf, und ich lege mich mal ein Viertelstündchen hin. Ich bin ganz geschafft!« Sie gähnt und geht an mir vorbei, um sich aufs Ehebett zu legen.

Die Kinder verziehen sich murrend ins Kinderzimmer, und ich … Sie ahnen es! Ich schiebe Zimmerpalmen und Sessel, kratze Karamell aus angebrannten Töpfen und hoffe, dass Petra lange schläft, damit ich mich erholen kann. Das tut sie auch, sie schläft zwei Stunden, in denen die Kinder unruhig durch die Wohnung schleichen. Dann ist Petra wieder wach, verteilt kurz vor dem Abendessen Kaubonbons und plant ein aufregendes Versteckspiel mit anschließendem Gruselmärchenerzählen im Dunkeln.

In dieser Nacht schlafen die Kinder nicht gut. Sanne windet sich mit Bauchweh, Samuel hat Albträume und kriecht zu mir ins Bett, Mäxchen schließt sich seinem großen Bruder an. Nur Petra schnarcht zufrieden aus dem Wohnzimmer und erwacht am Sonntag wohl ausgeruht gegen halb elf. Dann verschwindet sie für eine geschlagene Stunde im Badezimmer, und plötzlich ist nicht mehr viel Zeit.

»Schaaade!«, ruft Petra und malt den Kindern mit meinem Lippenstift rote Clownnasen. »Ich wollte noch Indianertänze mit euch aufführen und einen echten Hexenkuchen backen!«

Die Kinder schauen müde. »Nächstes Mal!«, haucht Sanne. Petra schenkt den Kindern weiße Schaummäuse. »Ich helfe dir jederzeit gerne!«, sagt sie zu mir, dann ist sie fort.

»Liest du uns was vor?«, fragt Samuel matt, und das tue ich dann auch, und wir sind alle froh, unseren Frieden wiederzuhaben.

17

Immer das schöne Händchen reichen

Es ist ja inzwischen bekannt, dass Linkshänder besonders kreative, feinsinnige Menschen sind. Das hängt mit den Gehirnhälften zusammen: Die rechte Hälfte denkt emotional, die linke logisch …

Und da das alles irgendwie über Kreuz läuft, hat der Linkshänder eben den stärkeren Draht zur rechten Gehirnhälfte. Haben Sie das verstanden? Ich nicht so recht, aber ich bin ja auch Linkshänder, und deswegen habe ich es mit begrifflichen Informationen nicht so sehr. Dafür bin ich gaaanz besonders kreativ und feinsinnig. Und gerade die sensiblen, linkshändigen Mitbürger haben es oft so schwer. Schon meine Mutter triezte mich als Kind mit dem Häkelhaken.

»Nun nimmst du schön den Haken in die rechte Hand und fädelst die Wolle um den linken Finger und nimmst die Masche …!«

Unmöglich!!! Mit hochrotem Kopf stach und stocherte ich rechtshändig an dem Wollfaden herum, bis er kaputtriss und meine Mutter aufseufzend weitere Lehrversuche in Handarbeiten unterließ. Ich kann bis heute weder häkeln noch stricken – aber mir fehlt auch nichts im Leben.

»Immer das hübsche Händchen reichen!«, mahnte mich Tante Gerda, wenn ich ihr herzlich meine Lieblingshand anbot, nämlich die, die von Herzen kommt.

Und in der Schule traktierte mich die Schreiblehrerin, »es wenigstens mal mit rechts zu probieren«, was ich mich weigerte zu tun, denn das Ergebnis sah katastrophal aus. Schreibfedern werden einfach nicht gerne vorangeschubst, sondern lieber gezogen. Und ich hatte (und habe!) immer Tintenflecke auf der linken Handfläche, von der verschmierten Schrift ganz zu schweigen. Denn wenn die linke Hand der noch feuchten Tinte hinterherrutscht, kann das nicht lange gut gehen.

Haben Sie mal mit links eine Schneiderschere gehalten? Und wie ist das mit dem Dosenöffner und dem Gemüseschäler? Aber da Linkshänder ja, wie bereits erwähnt, kreativ sind, ist das für uns gar kein Problem: Wir verdrehen nur ein bisschen die Finger, winkeln die Ellbogen an, verziehen das Gesicht und sehen furchtbar ungeschickt bei unseren Handlungen aus. Dennoch erzielen wir meistens ein genauso gutes Ergebnis wie ein Rechtshänder.

Ich amüsiere mich immer diskret, wenn ich Rechtshänder an einem gedeckten Tisch beobachte, wie sie klammheimlich die Gabel von links nach rechts nehmen, um damit zielsicherer ins Essen piken zu können. Das ist allerdings auch der einzige Nachteil, den sie haben, denn sonst ist alles in ihrem Leben *rechtmäßig*, sogar die *Rechtschreibung*. Und überhaupt! Das gute *Recht!* Ist das nicht ungerecht? Was ist mit meinem guten *Link?*

Alles Linke klingt irgendwie *link. Linkisch* bedeutet »ungeschickt«, während es *rechtisch* nicht gibt. Die Spirale im Kollegblock ist auch ein ganz *linkes* Ding, denn die pikt sich unnachgiebig in meine ohnehin schon merkwürdig verdrehte linke Hand, wenn ich mich abmühe, etwas zu schreiben. Auch die Maus des Leihbücherei-Computers liegt immer auf der rechten Seite und will von dort und nirgendwo anders auf dem Pad herumgeschoben werden, was ich mit verdrehten Fingern, angewinkelten Ellbogen und verzogenem Gesicht bereit bin zu tun, weil ich keine andere Wahl habe.

Aus meiner Geldbörse regnet es regelmäßig Kreditkarten und Kleingeld, denn meistens steht sie auf dem Kopf, wenn ich sie öffne. Oder ich bin es, die sich den Kopf verdreht, wenn ich im Messbecher die Skala ablesen will und keine Lust habe, den Becher von links nach rechts zu wechseln. Dabei ist er mir nämlich schon mal runtergefallen, bis an den Rand gefüllt mit kochend heißer Bratensauce, und jetzt bin ich irgendwie doch wieder beim Stichwort *linkisch* angekommen. Wir Linkshänder sind nur ungeschickt, weil uns alles so schwer gemacht wird!

Selbst Miraculix, der ehrwürdige Druide, könnte es sich nicht erlauben, ein Linkshänder zu sein! Mit seiner Sichel würde er sich augenblicklich ins rechte Bein hacken, und ein Ende hätte es mit der Weisheit. Dasselbe gilt für Sensen, die ich ja zugegebenermaßen nicht allzu häufig benutze! Dafür aber Fleischmesser, die immer und immer wieder einen rechtsseitigen Schliff aufweisen.

Neulich meinte es Robert, der liebste und rechtshändige Ehemann, besonders gut mit mir und brachte mir einen Dosenöffner für Linkshänder mit. Ich freute mich riesig und stürzte mich sofort auf die nächste Konservenbüchse. Moment mal, das klappte ja gar nicht.

»Robert«, rief ich enttäuscht, »das Ding ist kaputt, das rastet nicht ein!«

»Dummerchen«, tadelte mich Robert sanft. »Du musst den Öffner natürlich in die linke Hand nehmen.«

Ich stutzte. In die linke Hand? Wie sollte denn das funktionieren?

Also verdrehte ich meine Finger, winkelte meine Ellbogen an und kämpfte mit verzogenem Gesicht, bis ich die Dose geöffnet hatte. Wir Linkshänder sind nämlich nicht nur kreativ, sondern auch sehr rechtschaffen ...

18

Ein Ausflug mit der Familie ...

Jede Stadt hat so ihre Traditionen. Zu Berlin gehört ganz gewiss noch immer die Fahrt »ins Jrüne«, verbunden mit einem Besuch in einem Biergarten ...

Dort kann man dann gemütlich unterm Sonnenschirm sitzen, den Blick über den Müggelsee oder die Havel schweifen lassen und verträumt eine Weiße mit grünem oder rotem Schuss schlürfen. So in etwa sah unsere Planung für das letzte Wochenende aus. Und da ich dazu neige, die Dinge manchmal ein wenig zu übertreiben – das behauptet zumindest Robert, mein liebster Ehemann –, wollte ich gerne neben Buddel-Eimerchen und Schmetterlingsnetz die Angelausrüstung und den Drachen mit auf den Ausflug nehmen.

»Dass du immer alles übertreiben musst«, nörgelt Robert (da haben wir es wieder!). Aber ich lasse mir nur die Angel ausreden, alles andere muss in den Kofferraum passen. Und ab geht die Fahrt, hinaus aus der stickigen, staubigen Stadt, hinein ins Grüne ... Allerdings zuerst einmal in einen handfesten Stau auf dem Berliner Ring.

Auf der Rückbank schnallen sich wie auf Kommando die Kinder ab und lassen die Fensterscheiben rauf- und runtersurren. »Sind wir bald da?«, fragt Sanne, und Samuel singt »Hoch auf dem gelben Wagen« aus dem Fenster, bis eine Omi im neben uns stehenden gelben Auto ihre Scheibe runterlässt und mitsingt.

»Na prima«, stöhnt Robert.

»Sing doch mit«, rate ich ihm, doch da können wir ein paar Meter voranrollen, und Samuel nimmt heulend Abschied von der singenden Omi, die ihm hinterherwinkt.

»Jetzt singt sie bestimmt ›Junge, komm bald wieder‹«, stichelt Robert, und ich reiche Samuel ein Taschentuch nach hinten. »Sieh mal«, tröste ich ihn, »da hinten wird der Verkehr wieder dicht, da holt uns die Omi bestimmt ein.«

»So ein Sonntag im Stau hat doch was Schönes«, meldet sich Robert. »Soll ich dir das Schmetterlingsnetz aus dem Kofferraum holen?«

»Du bist ja so schlecht gelaunt«, schimpfe ich meinen Mann an. »Iiiiich?«, empört sich Robert.

Dann schweigt er mit verkniffenem Mund. Hinten schnallen sich die Kinder wieder an. »Gut«, platzt Robert plötzlich heraus, »dann sage ich eben nichts mehr.«

»Wunderbar!«, rufe ich.

»Ich und schlecht gelaunt«, grummelt Robert und tritt scharf auf die Bremse, denn der Stau hat uns wieder.

»Omiiiii!«, kreischt Samuel von hinten, und tatsächlich steht kurz hinter uns wieder der gelbe Wagen mit der glücklich strahlenden Omi darin, aus deren Mund ein fröhlich Liedchen schallt. »Wir lagen vor Madagaskar und hatten die Pest a-an Booord …«, singt Samuel mit, und seine Stimme überschlägt sich vor Freude. Wütend umklammert Robert das Lenkrad.

Heute ist er wirklich nicht gut drauf. Meine Güte, so ein bisschen Stau ist man als Großstädter doch gewohnt. Allerdings stehen wir nun bald eine halbe Stunde hier rum und sind nur wenige Meter vorangekommen.

»Ich nehme die nächste Ausfahrt und kehre um«, kündigt uns Robert an. »Wehe«, kreische ich, und auch auf der Rückbank gibt es Tumult. »Buddeln!«, »See!«, »Pommes!«, kreischt es wild durcheinander. Max schmeißt ein Bilderbuch nach vorn. »Ruhe!«, brüllt Robert. »Ich fahre Auto!«

»Tust du gar nicht«, weist ihn Sanne zurecht.

Samuel singt »Wenn ich morgens früh aufstehe …« aus dem Fenster. Die Omi hat eine hübsche Sopranstimme. Ich verteile belegte Brote. Robert betätigt konzentriert die Wisch-Wasch-Anlage.

»Möchtest du einen Schluck Wasser?«, frage ich ihn.

»Da hinten ist eine Raststätte«, ignoriert Robert meine fürsorgliche Nachfrage und reißt am Blinker, der die nächsten zwanzig Minuten beschäftigt sein wird, bis wir endlich abbiegen können.

Auf dem Parkplatz steigen wir alle aus. Robert streckt sich und lässt einen finsteren Blick über die total verstopfte Autobahn schweifen.

Plötzlich hält ein gelbes Auto neben uns. »Die Omiii!«, ruft Samuel und fällt der alten Dame um den Hals.

Mit Samuel auf dem Arm kommt sie näher und schüttelt dem mürrischen Robert die Hand.

»Kompliment, mein Herr«, sagt sie freundlich. »Sie haben eine wunderbare kleine Familie und müssen ein besonders lieber Vater und Ehemann sein!«

Roberts Gesicht erhellt sich. »Hm, tja, ja«, sagt er verlegen.

Die Dame stellt Samuel am Boden ab. »Sehen Sie, der Stau löst sich auf!«, ruft sie und lächelt wieder so nett. »Auf Wiedersehen und gute Fahrt.« Dann fährt sie davon, in ihrem gelben Auto.

»Ob sie ein Engel war?«, fragt Sanne versonnen, »so eine Art Autobahnengel?«

»Ganz bestimmt«, flüstert Robert, der besonders liebe Ehemann und Vater, und dann fahren wir doch endlich mit unseren bunten Buddel-Eimerchen und Schmetterlingsnetzen »ins Jrüne«!

19

Picknick mit kleinen Hindernissen

Neulich habe ich Ihnen ausführlich beschrieben, wie ich mit meiner Familie auf dem Weg ins Grüne war und in einem Autobahn-Stau stecken blieb. Dann hörte die Geschichte auf: aus Platzmangel ...

Heute möchte ich Ihnen gerne berichten, wie es damals weitergegangen ist. Nachdem wir nämlich bereits im Auto unser Picknick vertilgt hatten und sich der Stau endlich aufgelöst hatte, erreichten wir das herrliche Umland und machten uns mit unseren Buddel-Eimerchen, dem Drachen und dem ziemlich leeren Picknick-Korb auf, Mutter Natur zu erkunden.

»Wir suchen einen grünen Waldsee«, rufe ich unternehmungslustig.

»Lieber eine Lichtung mit Hochstand«, sagt Robert, der liebste Ehemann.

»Blümchenwiese«, widerspricht uns Sanne.

»Pommes mit Apfelsaft!«, kräht Samuel, der Vierjährige, der sich im Dauerwachstumszustand befindet, mit dem dazugehörigen Nahrungsaufnahmebedürfnis rund um die Uhr.

»Kuh!«, brüllt Max, denn die haben wir ihm versprochen.

»Wo finden wir jetzt so schnell eine blühende Waldlichtung mit See und Hochstand, in dem eine Kuh sitzt und uns Pommes und Apfelsaft verkauft?«, fragt Robert mit nachdenklichem Gesicht. Vor uns liegt ein kleines Dorf, hinter uns liegt ein staubiger Acker, und dahinter ist die Autobahn. »Wo lang?«, frage ich Robert, der sich mit den Himmelsrichtungen auskennt.

»Norden, Süden ...!«, murmelt mein lieber Mann konzen-

triert, blinzelt in die Sonne, raschelt mit einer Landkarte, dann ruft er: »Wir müssen über diesen Acker!«

»Lass uns mal lieber durch das Dörfchen gehen«, widerspreche ich sanft. Robert müht sich damit ab, die Landkarte wieder zusammenzufalten, ein klein wenig gereizt scheint er zu sein. Kein Wunder bei der Hitze und dem staubigen Acker.

»Wieso fragst du mich immer, wenn du dann doch machst, was du willst?«, meckert er und stopft die Karte in den Rucksack, dass es nur so knistert. »Das ist das Geheimnis unserer gut funktionierenden Ehe«, grinse ich, und dann trabt Familie Wekwerth durch ein malerisches Brandenburger Dörfchen.

»Pommes?«, fragt Samuel hoffnungsvoll.

»Später!«, rufe ich. Wenig später schlängelt sich ein Sandweg in den Wald.

»Na also!«, rufe ich. Robert schenkt mir einen finsteren Seitenblick.

»Kuh?«, fragt Max.

»Später«, antworte ich. Im Wald ist es schattig und angenehm kühl.

»Gruselig«, flüstert Sanne. »Da gehe ich nicht rein.«

»Hunger«, fleht Samuel.

Ich seufze. »Wir setzen uns hier an den Rand und essen die Reste des Picknicks, okay?« Weit und breit ist kein See zu sehen, aber wir sitzen recht nett auf unserer karierten Decke unter Kiefern und essen Äpfel und Kekse.

Bald haben wir die Gesellschaft zahlreicher roter Waldameisen, die sich ungeniert über unsere dürftigen Speisen hermachen.

»Das ist eben die Natur!«, sage ich weise und beobachte fasziniert das geschäftige Treiben auf unserer Decke, bis mich so ein rotes Biest gebissen hat, und ich brüllend aufspringe. Die Kinder kichern.

»Jetzt suchen wir eine Kuh für Max!«, kreische ich und hüpfe hysterisch herum, um diese zwickenden Ameisen abzuschütteln, die mich für einen Nachtisch halten. »Das ist eben auch die Natur!«, lacht Robert hämisch.

Kurz darauf erreichen wir wieder die Dorfstraße. Am Horizont erkennt man die Silhouette schwerer Tiere. Wir klettern über den Weidezaun und spazieren über eine entzückende Butterblumenwiese. Sanne windet sich einen Blütenkranz, die Jungs laufen vor, zu den Kühen. Ob sie glauben, dass sie lila sind? Es hat was von schwedischem Bullerbü-Idyll, wenn es nur nicht so heiß wäre. Ich schleppe mich voran. Jetzt ein großes Mineralwasser! Keuchend habe ich die Kinder eingeholt. Robert ist uns irgendwo in den Butterblumen abhanden gekommen.

Und plötzlich befinden wir uns Aug in Aug mit einer Kuh. Sie ist sehr groß. Größer, als ich gedacht hätte. »Hallo, Kuh«, sagt Max zufrieden. Eine weitere Kuh kommt dazu. Mir wird ein wenig unbehaglich. Vielleicht haben wir ein Schild übersehen: »Vorsicht! Gefährlicher Jungbulle!«?

»Wir gehen«, flüstere ich, mir ist unwohl. Den Kindern nicht. Sie haben den Kühen Namen gegeben, streicheln »Sonja« und »Marina« hingebungsvoll und füttern sie mit Butterblumen. Wo ist eigentlich mein Mann?

In Begleitung zahlreicher Kühe erreiche ich mit den Kindern wieder die Dorfstraße, nass geschwitzt und mit wackeligen Knien. Jetzt habe ich genug von Mutter Natur, jetzt hätte ich gerne etwas zu trinken und ... »Pommes?«, fragt Samuel verhungert.

»Ja, und zwar sofort«, antworte ich und setze mich mit den Kindern unter schattige Kastanienbäume in einen gemütlichen Landgasthof. Das nächste Mal werden wir bestimmt die Buddel-Eimerchen und den Drachen zum Einsatz bringen. Und vielleicht ist ja auch Robert bis dahin wieder aufgetaucht.

20

Da fehlt aber noch eine Prise Salz

»Wer lesen kann, kann auch kochen!« Das sagt zumindest meine Mutter. Das kleine Problem: Immer wenn ich nach Rezept koche, schmeckt es irgendwie nicht …

Das liegt daran, dass ich mich meistens nicht ans Rezept halte. »Waaas? 100 Gramm Zucker?«, rufe ich in den Kochtopf, mache daraus schnell 50 Gramm Zucker und nehme dafür dann ein halbes Glas Honig. Bei den meisten Rezepten fehlt zum Beispiel ein Hauch Muskatnuss oder etwas Paprika.

Und was soll immer dieser eine »Esslöffel Öl«? Stellt sich da wirklich jemand hin und gießt genau einen Esslöffel voller Öl? Ich kippe einfach einen Schuss davon ins Gericht, ergänze sehr kreativ noch eine Gabe Curry, lasse dafür den Pfeffer weg, und das Resultat ist leider oftmals matschig, salzig, klumpig, kurz: missraten. Und deswegen koche ich auch nicht mehr nach Rezepten.

»Halt dich doch einfach mal an das, was da steht«, gibt mir Robert, der liebste Ehemann, als Rat.

»Aber wenn es doch nicht stimmt«, erwidere ich ein wenig halsstarrig.

»Probier es mal«, bittet Robert, und eine Woche später habe ich die Gelegenheit dazu, denn wir erwarten Gäste. Es gibt »Entenbrust à l'orange« – und ich habe vorher einen Schwur geleistet: Ich habe aufs heilige Biolek-Kochbuch gelobt, dass ich mich wirklich ans Rezept halten werde.

Ich soll die Entenbrüste kurz waschen, schreibt der Meister. Dagegen habe ich nichts einzuwenden, ich trockne sie auch mit

Haushaltspapier wieder ab. Mit einem scharfen Messer soll ich nun die Fetthaut einritzen. Ich suche nach einem scharfen Messer, finde ein paar stumpfe, aber es wird schon gehen. Frohen Mutes säbele ich ein hübsches Rautenmuster in die Brüste.

Auch eine unbehandelte Orange habe ich besorgt, nun muss ich ein bis zwei Esslöffel von der Schale sehr dünn abschneiden, ohne weiße Innenhaut, bitte sehr. Das ist ja jetzt tückisch: Was soll »ein bis zwei« Esslöffel bedeuten? Um meinen Schwur nicht zu brechen, entscheide ich mich für anderthalb Esslöffel und schnippele eifrig an der Orange herum. Ich bin stolz auf mich. Saft spritzt mir ins Auge und brennt. Ich lasse mich nicht unterkriegen!

Nun heißt mich der begnadete Koch, zwei Orangen auszupressen und eine weitere zu filetieren. Es dauert nicht lange, und der Orangensaft läuft mir bis zu den Ellbogen und tropft auf meine Hose. Hätte ich nicht einfach ein Tetrapak aufmachen dürfen? Aber nein, der Schwur!

Verbissen presse, schneide, schäle ich. Endlich darf ich »ein wenig« Öl in einer Pfanne stark erhitzen.

Ich erhitze ein wenig Öl so stark, dass es qualmt, und lege die Entenbrüste mit der Fetthaut nach unten in die Pfanne. Dass es dermaßen zischt und spritzt, hätte im Kochbuch ruhig erwähnt werden können. Ich wäre rechtzeitig in Deckung gegangen.

Das Ganze soll nun 8 Minuten braten. Nach 5 Minuten breche ich meinen Schwur und ziehe die Pfanne vom Herd. Das kann doch unmöglich funktionieren. Ich wende die Fleischstücke und will sie mit exakt 200 Milliliter Orangenlikör übergießen. Um ehrlich zu sein, es fehlt ein winziger Schluck, den habe ich gerade getrunken. Ich musste ja wissen, ob der Likör noch frisch war. War er. Und lecker.

200 Milliliter erscheint mir doch sehr viel zu sein, und ich genehmige mir noch einen Schluck. Nun aber: Schwungvoll gieße ich den Rest über die schmurgelnde Entenbrust, und dann wird es wieder sehr aufwändig. Ich soll die Entenbrüste aus der Pfanne nehmen und salzen und pfeffern. Das habe ich doch vorhin schon getan, weil ich dachte, der Meister hätte es vergessen. Und in Aluminiumpapier soll ich das Fleisch wickeln. Habe ich gerade gar nicht im Haus. Ob es auch ein Küchentuch sein darf?

Ich gieße, laut Anweisung, den mühsam »erpressten« Orangensaft in den Bratensatz und kippe einen Hauch mehr Sahne als angegeben hinterher.

Nun soll ich die Orangenfilets und die Schalenstreifen in die Soße geben und die Entenbrüste aus der Aluminiumfolie nehmen. Den ausgetretenen Bratensaft müsste ich eigentlich in die Soße geben, aber den hat schon das Küchentuch aufgesaugt. Na, das wird ja keiner merken.

Ich schneide das Fleisch liebevoll in Scheiben, ein bisschen sehr roh sieht es innen noch aus. Vielleicht ist mein Herd kaputt? Nachdenklich nippe ich an einem weiteren Gläschen Orangenlikör und entschließe mich, das blutige Fleisch noch ein wenig in der Soße mitköcheln zu lassen.

Während ich in die Pfanne starre, kommt mir in den Sinn, dass ein Hauch Zimt wunderbar zu dem Orangengeschmack passen würde. Das ist ja kein gebrochener Schwur, nur eine kleine, intuitive Verbesserung. Und was soll ich Ihnen sagen? Die Gäste waren begeistert. Es lohnt sich also doch, sich strikt an ein Rezept zu halten, und wenn Sie auch Lust auf »Ente à l'orange« haben, besorgen Sie sich das Kochbuch.

Vergessen Sie aber nicht, einen Hauch Zimt beizufügen. Das hat der Herr Koch leider irgendwie vergessen aufzuschreiben …

21

Wer schön sein will, muss leiden – oder?

Seien Sie mal ehrlich: Eine Heißwachs-Epilation ist schmerzhaft, hohe Absätze sind ungesund, und ein String-Tanga kneift und macht einen wahnsinnig ...

Leider sieht ein Bein tatsächlich schlanker und eleganter aus, wenn es in einem Schuh mit Absatz steckt, möglichst hoch, möglichst spitz. »Rucke-di-gu, Blut ist im Schuh?« Papperlapapp, Aschenputtel: Alles nimmt »man« in Kauf, um nur ja auch schön und sexy zu sein. Und bei »man« fällt mir gerade auf, dass die Männer sehr viel weniger in Kauf nehmen. Warum eigentlich?

Wieso bedeutet »männlich« sein, ein aufgeknöpftes Hemd zu tragen, ein paar Muskeln spielen zu lassen und lässig aufs Gaspedal eines roten Porsche zu treten? Das ist nebenbei nämlich auch alles herrlich bequem. Gar nicht dumm, die Herren der Schöpfung.

Weiblich aussehen heißt leider, sich bunte Farbe ins Gesicht zu schmieren, im Viertelstundentakt zu überprüfen, ob einem Lippenstift an den Schneidezähnen klebt, ob der BH-Träger sichtbar ist, und Ewigkeiten beim Friseur zu verplempern, damit auch ja kein dunkler Scheitel verrät, dass wir gar nicht so blond sind, wie wir immer tun. Es heißt auch, oben erwähnte Schuhe zu tragen, obwohl man dem bösen Onkel im dämmrigen Stadtpark nicht ent»trippeln« kann. Wer allerdings schlau ist, könnte ihm zumindest mit dem spitzen Absatz noch ein Auge auspiksen, denn die neue Schuhmode erinnert manchmal an Geheimwaffen. Davon hat man dann wenigstens immer zwei bei sich.

Also! Ich fasse mal eben zusammen: Alles, was unbequem, bewegungseinschränkend bis lebensgefährlich ist, gefällt Männern an Frauen, weil es ihre Schwäche und Hilflosigkeit ausdrückt. So könnte man es formulieren.

Was für ein entzückender Anblick muss eine ewig um Atem ringende Rokoko-Dame gewesen sein, die aufgrund ihres geschnürten Korsetts niemals richtig Luft holen konnte, um ihrem Ehemann endlich laut und deutlich zu sagen, dass er auch mal den Mülleimer rausbringen könnte.

Leider war sie den halben Vormittag damit beschäftigt, sich vom Treppensteigen zu erholen und ihren Reifrock zu richten. Da blieb für Vorwürfe keine Zeit. Wie praktisch!

So ein kleines bisschen haben sich die Zeiten nun allerdings geändert. Während unsere Mütter noch in Pfennigabsätzen durch den Schnee gestakst sind, weil es bis auf orthopädische Klumpstiefel nichts anderes zu kaufen gab, haben wir inzwischen wenigstens die Wahl, ob wir uns das antun wollen.

Erstaunlicherweise tun sich sehr viele Frauen immer noch sehr viel an. Da werden Silikonkissen in Busen operiert, es wird gespritzt und gesaugt, was das Zeug hält, Fett raus, Botox rein, Zähne weiß, Wimpern schwarz, Nasen gestupst, Falten geglättet.

Die Ausrede lautet immer: »Das tue ich nur für mich. Schließlich will ich mir selbst gefallen!« Und das kann ich einfach nicht glauben. Wenn Sie auf einer einsamen Insel wären, würden Sie sich dann auch Gedanken um Ihre zu schmale Unterlippe machen? Würden Sie nicht einfach genussvoll die unlackierten Zehenspitzen in den warmen Zuckersand stecken und aufseufzen vor Behaglichkeit, dass Sie die so genannte »Zivilisation« mit all ihren Reifröcken, Lasergeräten und Skalpellen zum Teufel gejagt haben?

Würde allerdings ein flotter Eingeborener hinter einer Palme hervorgucken, würden Sie dann vielleicht anfangen, sich ein wenig Kokosnuss-Milch übers Dekolletee zu gießen? Wer weiß?

Ich will ja nicht behaupten, man solle sich nicht pflegen und hübsch machen. Und wenn ich mein heiß geliebtes Lavendelbad nehme und mir eine lila Schönheitsmaske ins Gesicht schmiere, dann tue ich das ehrlich gesagt überhaupt nicht für Robert, meinen liebsten Ehemann, sondern tatsächlich nur für mich und mein Wohlbefinden. Ich würde mich auch nicht als uneitel bezeichnen. Ich achte ein bisschen auf die neue Mode, ich lackiere mir die Fingernägel, wenn ich Zeit habe, und ich liebe den Lippenstift Nummer 84 von Nivea.

»Ha!«, werden Sie ausrufen. »Und wo bleibt der Reifrock?«

Der bleibt im Schrank, denn, ob weiblich oder nicht, ich bevorzuge bequeme Kleidung und flache Schuhe. So gehe ich entschlossenen Schrittes durchs Leben und brauche mich niemals mit durchgetretenen Füßen herumzuschlagen. Wer Gefahr- und schmerzlos über Kopfsteinpflaster gehen kann und nicht pausenlos von seiner Unterwäsche gequält wird, der ist einfach besser dran und kann entspannt dreinschauen, was ja auch zur Ausstrahlung eines Menschen beiträgt.

So ein kleines bisschen ist doch dran an dem Spruch: »Wahre Schönheit kommt von innen!«

Machen wir es den Männern nach: Lässig und bequem bedeutet ab sofort auch »weiblich«. Also rein in die Cargohosen, die Flip-Flops und die Ringel-T-Shirts. Bauch raus, Busen rein! Und so ein bisschen Hüftspeck hat auch noch keinem geschadet. Ich wünsche Ihnen einen bequemen, weiblichen Sommer!!

22

Wenn Kinder zu Künstlern werden

Wie schön, wenn Kinder kreativ sind. Wenn sie malen, basteln, sägen und formen. Das denken ganz offensichtlich die Lehrerinnen und Kindergärtnerinnen …

Denn jeden Tag kommen meine Jungs mit einem »Gemälde« oder aus Ton geformten Mäusen und Igeln nach Hause. Und so herzig ich das alles finde, frage ich mich immer heftiger, wo ich all diese Kunst ausstellen und aufbewahren soll?

Während Sanne mir ein Gedicht rezitiert, hänge ich einige Wandteller ab, um Platz zu schaffen für neue farbenfrohe Krickel-Krackel-Bilder der Kleinen. Argwöhnisch beobachten mich die beiden. Neulich haben sie mich erwischt, wie ich versucht habe, einen Knete-Elefanten und ein staubiges Wattebausch-Mobile im Mülleimer zu versenken, und sie waren so entsetzt über dieses unmütterliche Verhalten, dass ich befürchte, eine bleibende Verwundung auf ihren Kinderseelen hinterlassen zu haben.

»Ich habe einfach keinen Platz mehr!«, versuche ich zu erklären und trockne bittere Tränen, verteile süße Gummibärchen und nehme zwei langweilige Ölgemälde von der Wand, um mit Tesafilm Samuels Sonnenblumen- und Maxens Dinosaurierbild anzubringen. Ich kann einfach nicht ertragen, wenn meine Söhne traurig sind.

»Weite, stille, dunkle Gründe, tiefe Waldeseinsamkeit, fern ob blauem Talgewinde, sonn'ge Lande still und weit«, deklamiert Sanne mit verklärtem Blick. »Das ist hübsch«, denke ich dankbar, »das brauche ich wenigstens nicht irgendwo hinzustellen.«

»Du, Mama!«, ruft Sanne. »Dieses Gedicht schreibe ich dir auf, und dann hängst du es dir übers Bett, ja?«

Ich nicke schwach. »Und was sind ›Talge-Winde‹?«, will sie wissen.

Ich muss lachen. »Tal-Gewinde«, verbessere ich sie.

»Und was ist das?«

»Hm!« Jetzt muss ich mal kurz nachdenken. »Wahrscheinlich ein Weg, der sich durch ein Tal windet«, vermute ich und arrangiere eine fünfköpfige Schneckenfamilie aus Modelliermasse, die Sanne mir zu Weihnachten geschenkt hat. Da fällt mir was ein: »Wie wäre es, liebe Sanne …«, beginne ich meinen Satz vorsichtig, »wenn ich immer nur das Allerneueste von euch ausstelle und die alten Kunstwerke in eine hübsche Kiste tue?«

Hoffnungsvoll blicke ich sie an, und sofort schwimmen dicke Kullertränen in ihren Augen. »Aber die Schnecken können doch nichts dafür, dass sie nicht mehr neu sind«, heult Sanne. Da hat sie Recht. Fünf Schnecken und eine Tochter blicken mich vorwurfsvoll an, und ich beginne, mich zu schämen.

Also kann die Schneckengroßfamilie auf dem Wohnzimmerregal leben, und Sanne macht sich auf den Weg in ihr Zimmer, um in aller Ruhe ihr Waldgedicht aufzuschreiben und dazu viele Bilder zu malen. »In der Tiefe Wipfelrauschen, Falkenschrei in blauer Luft …«, höre ich sie murmeln, bevor die Tür zufällt.

Nachdenklich blicke ich mich in meiner Wohnung um: Die süßen Handabdrücke der Jungs in Gips hängen im Flur, Sannes erster selbst gebastelter Weihnachtsstern baumelt seit sieben Jahren am Küchenfenster, und auf dem Spülkasten im Bad stehen zwei Klorollenroboter, einer trägt den Namen »SAM«, der andere »MAX«, und sie bewachen die Toilette. Seit einem Dreivierteljahr.

»Schenk ich dir«, sagt Samuel von unten, und vorsichtig senke ich den Blick. Was wird es diesmal sein? Ein Streichholzschachtel-Zug? Eine Laubsägen-Mondsichel? Es ist ein Pflasterstein. »Ach, wie hübsch«, sage ich.

Klein Max steht neben seinem großen Bruder und echot: »Schenk ich dir auch«, und hält mir eine rostige Coladose hin.

»Haben wir im Park gefunden«, erklärt Samuel und macht

sich daran, die Gaben auf dem Fensterbrett zu drapieren. Es sieht aus wie teure Kunst. »Stein auf Dose« oder »Versteinerte Dose« könnte es heißen und auf das aktuelle Dosenpfandthema Bezug nehmen.

Wenig später kommt Sannes überdimensionales Waldgedicht und -gemälde dazu, es wimmelt nur so von Tannenzapfen, Pilzen, Falken, Füchsen, Gnomen und Feen.

»Gotteseinklang aller Wesen«, steht oben drüber und ich hänge dieses Monumentalwerk, wie mir geheißen, über das Ehebett. »Dann träumst du schön«, erklärt mir Sanne.

Ich habe mich inzwischen an die Klorollenroboter gewöhnt. Ich liebe die Handabdrücke in Gips, und ohne den Küchenfenster-Weihnachtsstern wäre ich ein halber Mensch. Als mir neulich eine der fünf Schnecken vom Regal fiel, habe ich sie liebevoll mit Uhu wieder zusammengeklebt.

Inzwischen lebt ein Regalbrett tiefer eine sechsköpfige Igelfamilie aus gebranntem Ton. Und soll ich Ihnen etwas verraten? Ich träume wirklich schön, seitdem »Gotteseinklang aller Wesen« über meinem Bett hängt.

Robert, der liebste Ehemann, blickte am Abend zwar irritiert auf das Waldesgetümmel über seinem Kopf und fragte: »Wo ist das Picasso-Poster?«

»Ach, wer will schon einen Picasso, wenn er einen echten Wekwerth haben kann«, antwortete ich.

23

Eine romantische Nacht im Freien

Haben Sie auch manchmal einen Natur-Rappel? Vor allem wenn die Sonne scheint, dann hält mich nichts mehr, und ich dränge meine Lieben zu jedem Essen auf den Balkon …

Da sitzen wir dann, umgeben von Geranien und Lobelien und haben eine blasse Ahnung von mediterranem Lebensglück. Warme Luft und den selbst gesäten Basilikum im Salat, so einfach bin ich zufrieden zu stellen. Aber neulich, da wollte ich es wirklich wissen: Ich war bei meiner Freundin Luise eingeladen, die das große Glück hat, einen Garten zu besitzen, und zu fortgeschrittener Stunde und dem dritten Glas Prosecco hatte ich einen meiner außergewöhnlichen Einfälle. Sie ahnen es bereits?

»Wollen wir im Garten übernachten?«, fragte ich Luise, und wenig später machten sich zwei heftig kichernde Frauen daran, ein abenteuerliches Nachtlager neben dem Rosenbeet herzurichten. »Wir wollen auch im Garten schlafen«, moserten die Kinder.

»Ich teste erst mal, wie das ist! Und wenn es schön ist, machen wir es das nächste Mal alle zusammen«, versprach ich.

Wenig später lag ich mit Luise unter den Rosen, über uns leuchtete ein von dunklem Marmor durchzogener Himmel, die ersten Sterne blinkten, Bäume rauschten. Es war herrlich, bis die erste Mücke zustach. »Aua!«, kreischte ich erschrocken in die schöne Nacht und klatschte mir auf die Stirn. »Schsch!«, machte Luise. »Du störst die Atmosphäre!«

Verlegen kratzte ich mich am Kopf. Wie weltlich von mir, wie kleingeistig. Gerade war ein filmreifer Mond dabei aufzugehen, und ich störte mich an einer Mücke. Einer? Es schien sich rumgesprochen zu haben, dass hier leckere Blutspender herumlagen, denn wieder schwirrte mir eine Mücke um den Kopf herum, und eine andere stach gierig in mein Schienbein. Ich biss die Zähne zusammen. Die paar Mücken würden mir diesen einmaligen Abend nicht verderben.

»Aua!«, kreischte Luise neben mir, und ich hörte es klatschen.

»Bisschen viel Mücken, was?«, fragte ich.

»Ach was!«, widersprach sie und kratzte sich heftig am Arm. Dann starrten wir wieder eine Weile in den Mond. Da knackte es im Gebüsch.

»Was war das?«, flüsterte ich angstvoll.

»Vielleicht ein böser Räuber?«, scherzte Luise.

Mir wurde ein wenig gruselig. So ungefährlich war das ja nun auch wieder nicht, was wir hier taten: Hilflos und bald schlafend lagen wir ungeschützt im Freien, hinter uns das unverschlossene Haus. Und wer weiß schon, wer nachts so alles umgeht? Ich schauderte. »Mir ist kalt«, flüsterte ich.

»Du bist ein Angsthase«, sagte Luise. Wieder knackte es, irgendwo quakte ein Frosch, und das klang auch nicht beruhigend.

Eine Weile lenkte mich die Vertreibung eines Mückenschwarms ab, dann gelang es mir, mich auf den Sternenhimmel zu konzentrieren. Ich betrachtete den Großen Wagen und fand den Polarstern, bis mir einfiel, dass wir ja nicht nur für Mücken und Räuber eine leichte Beute wären, sondern auch für Zecken, vor denen so viel gewarnt wird. Zecken lassen sich aus Büschen fallen, krabbeln über Wiesen und Decken, bohren ihre saugenden Köpfe in unschuldige Menschenkörper und das Ganze ist eine unappetitliche und gesundheitsgefährdende Angelegenheit. Auch Mücken können ja Krankheiten übertragen: Malaria zum Beispiel. Da kann man nicht vorsichtig genug sein. Ich fröstelte. Wenn mir eine Malaria erspart bliebe, würde ich dafür eine Erkältung bekommen und eine Blasenentzündung.

»Wollen wir nicht wieder reingehen?«, fragte ich betont munter in diese Nacht, die mich noch mein Leben kosten würde.

Luise stöhnte. »Tanja, du bist eine Langweilerin. Das war doch deine Idee!«

Ich schwieg. Gut, bitte schön. Ich würde mir jetzt nicht die Blöße geben, aufzustehen und mich lächerlich zu machen. Es war meine Idee?

Richtig! Ich schloss die Augen, wild entschlossen, sofort einzuschlafen, damit es schnell wieder hell werden würde.

Irgendwann waren alle Mücken satt, und ich schlief tatsächlich ein. Ich träumte sogar etwas Nettes, und als ich erwachte, lag ich allein in der rosigen Morgendämmerung in Luises Garten. Tautropfen glitzerten in den Rosenbüschen, eine Amsel kündigte den neuen Tag an. Verschlafen rieb ich mir die Augen.

Wo war denn Luise geblieben? Ob sie ein Räuber in seinen Sack gesteckt hatte? Wenig später, am Frühstückstisch erfuhr ich, dass es ihr bald zu kalt geworden und sie ins Haus zurückgegangen sei und dass sie mich nicht wach bekommen habe.

»Wie war's?«, fragten die Kinder.

»Es war sehr schön«, antwortete ich aus vollem Herzen, denn das ist es auch gewesen. Die paar Ängste, eine leichte Blasenentzündung und 14 Mückenstiche sind das Abenteuer wert gewiesen, einmal unter einer silbernen Mondsichel zu schlafen …

24

Ich liebe meinen kleinen Balkon

Es gibt sie – diese Menschen, die einen in Rekordzeit aus dem Gleichgewicht bringen. Sie schaffen es, dass man sich klein, schäbig und dumm vorkommt – ohne dass etwas passiert wäre …

Ein, zwei Sätze und ein schiefer Blick reichen aus, und man stellt in der darauf folgenden Nacht schlaflos sein gesamtes Lebenskonzept in Frage.

Sehr oft sind diese Menschen Schwiegermütter, dann hat man ein hartes Schicksal zu meistern. Manchmal sind diese Leute aber auch nur »gute Bekannte« oder die Eltern anderer Kinder, und dann sollte man kurzen Prozess mit ihnen machen. Neulich erging es mir so mit der Mutter von Sannes Busenfreundin Sophie.

Sophie ist ein entzückendes, aufgewecktes Mädchen, ihre Mutter ist eine von diesen Leuten, die ich eben beschrieben habe.

»Warum spielst du nicht mal mit Daniela?«, frage ich Sanne, denn Danielas Mutter ist mir sehr sympathisch.

»Weil Daniela eine blöde Petze ist«, empört sich Sanne.

»Und mit Jürgen?«, rufe ich ihr verzweifelt hinterher. Jürgens Mama ist zwar ein bisschen langweilig, aber sie hat immerhin mein Lebenskonzept noch nicht durcheinander gebracht.

»Mit Jungs spiele ich nicht«, Sanne verzieht angewidert das Gesicht.

Mir bleibt nicht die Wahl, und als es kurz darauf an der Tür klingelt und Sophie mit ihrer Mutter hereinkommt, atme ich dreimal tief durch, um Energien zu schöpfen für einen Nachmittag, der ein harter Kampf werden könnte.

»Wollen wir auf dem Balkon Kaffee trinken?«, frage ich Sophies Mutter und lächele wie eine ahnungslose Maus vor der Königsnatter.

Die Natter streckt den Hals, senkt den Kopf und zischelt: »Ist das nicht ein wenig eng?«

Ah, ja, natürlich. Frau Natter wohnt in einem großen Haus mit Garten und findet es schäbig, auf einem kleinen Balkon zu sitzen. Was soll ich jetzt bloß sagen?

Irgendetwas Schlagfertiges? Etwas, was sie in ihre Grenzen weist ... Natürlich fällt mir nichts ein. Heute Nacht, wenn ich mich schlaflos und wütend in den Kissen wälze, wird mir die Superantwort einfallen. Aber jetzt? Mein Mäusegehirn ist leer. Also sage ich nichts. Ist doch eigentlich recht vornehm. Lass sie doch zischen, die Schlange.

Wenig später sitzen wir uns auf dem engen, schäbigen Balkon gegenüber.

Die Mädchen spielen im Kinderzimmer mit Barbie-Puppen. Die haben es gut!

»Wie nett«, sagt Sophies Mutter und berührt die Terrakottakübel, die ich mit Sonnenblumen, Lobelien und Lavendel bepflanzt habe. »Sie haben ja gärtnerisches Geschick.«

Ich schlucke. Das war ja jetzt richtig freundlich von ihr! Meine bepflanzten Kübel sind nämlich wirklich mein ganzer Stolz, sie verleihen meinem heiß geliebten Balkon einen italienischen Flair und ...

»Wie bedauerlich, dass Sie sich auf so einen begrenzten Raum beschränken müssen«, zischt Sophies Mutter, die auf einmal wieder eine Natter mit gelb glühenden Augen geworden ist.

»Ist schon in Ordnung so«, höre ich mich mausig piepsen.

Wie schwach ich bin, sitze hier in meinen eigenen vier Wänden und lasse mich beleidigen. Vielleicht bietet mir Frau Natter gleich einen Job als Gärtnerin in ihrem 5 Hektar großen Schlossgarten an? Dann bräuchte ich mich nicht mehr auf »so einen begrenzten Raum zu beschränken«. Kann die sich auch normal ausdrücken? Oder kann die nur zischen und Gift versprühen? Traurig schaue ich in die Sonnenblume, die aufmunternd im Wind schaukelt.

»Wie hoch ist denn die Abgasbelastung in dieser Straße?«, will Frau Natter erfahren und schlürft einen Schluck Kaffee.

Über den Tassenrand hinweg fixiert sie mich mit boshaftem Blick. Wenn ich jetzt nichts erwidere, dann kriege ich ein Magengeschwür. Ein zarter Lavendelduft steigt mir in die Nase. »Zeig's ihr«, scheint er zu flüstern. Und Recht hat er!

»Keine Ahnung«, sage ich fest und erwidere ihren Blick. Es ist kein Mäuseblick mehr, den ich ihr sende, sondern der einer ausgewachsenen, stinksauren Ratte.

»Und das sollte auch nicht Ihr Problem sein«, fauche ich und bin ganz begeistert von meiner neuen Stimme.

Frau Natter senkt verwirrt die Augen. Ha! Damit hat sie nicht gerechnet. Jetzt sieht sie aus wie eine harmlose Blindschleiche, und bald darauf schlängelt sie sich nach Hause.

In der Nacht habe ich natürlich nicht besonders gut geschlafen und mich wütend hin- und hergewälzt. Aber als der Morgen dämmerte, da war mir klar, dass nicht ich mein Lebenskonzept neu zu überdenken habe, sondern diejenigen, die so giftig durchs Leben gehen.

Und ich habe mir vorgenommen, nur noch mit netten Leuten auf meinem kleinen, aber zauberhaften Balkon zu sitzen. Der ist nämlich gar nicht so klein!

25

Was schenke ich meinem Mann?

Einer Frau etwas zu schenken ist die einfachste Sache der Welt: Frauen lieben Blumen, Kerzenleuchter, Schmuck, alles, was gut riecht, schön aussieht, stilvoll und einzigartig ist ...

Ja, so einfach ist das mit uns, obwohl so mancher Mann heutzutage immer noch manchmal einen Tischsauger oder ein brandneues Bügeleisen verschenkt und sich dann wundert, dass es nicht so gut ankommt bei der Dame seines Herzens.

Aber hat ein Bügeleisen Stil, kann man verzückt seine Oberfläche entlangstreichen, hingerissen ob seiner Einmaligkeit? Nein, das kann man nicht, und darum ist es auch ein doofes Geschenk.

Und ein Staubsauger? Verschönert er die Frau oder ihre Umgebung? Er macht die Umgebung nur staubfrei, und wer so ein Geschenk erhält, sollte am besten erst mal andere Bereiche in seiner Partnerschaft entstauben. Mit einem netten Brillantring zum Beispiel ...

Nun kommen wir zu den Männern in dieser komplizierten Angelegenheit, denn ich finde es unerhört schwierig, einem (besonders meinem) Mann etwas zu schenken. Warum kann man einem Mann keine hellblau schimmernde Rosenkugel schenken? Oder ein geblümtes Teedöschen? Warum würde er sich dann auf den Schlips getreten fühlen? Und da ist schon das Stichwort: Schlips!

Im Laufe vieler Ehejahre habe ich meinem Mann schon viele Krawatten geschenkt. Bunte, gemusterte, sogar mal eine mit einer Mickymaus. Und irgendwann wurde es mir zu langweilig, und ich fragte: »Robert, was wünschst du dir zum Geburtstag?«

»Ach, gar nichts«, lautete die Antwort, und ich war keinen Schritt weiter.

»Was denn nun?«, beharrte ich.

»Ich bräuchte eine neue Bohrmaschine«, sagte er nach einer langen Weile, die er damit zugebracht hatte, scharf nachzudenken.

»Die kannst du dir allein kaufen«, rief ich. »Ich will dir etwas Besonderes, Einzigartiges kaufen, etwas, das schön aussieht und über dessen Oberfläche du entzückt streichen kannst, hingerissen ob seiner Einmaligkeit!«

Erst sah er mich an, als hätte ich den Verstand verloren, dann schlich sich ein Grinsen in sein Gesicht, und während er mir über den Rücken streichelte, murmelte er: »So etwas habe ich doch schon.«

Typisch Mann. Und ich war wieder keinen Schritt weiter. Also kaufte ich ihm eine Zeit lang Bücher: dicke Bücher, dünne Bücher, schlaue Bücher, lustige Bücher, und dann fand ich das auch irgendwann nicht mehr originell. Also, was schenkt man Männern?

Diesmal beschloss ich, meine Freundinnen zu fragen, was die ihren Männern so schenken, aber es kam nicht viel Gescheites dabei heraus: Die meisten schenkten Krawatten und Bücher, einige verschenkten Schreibtisch-Zubehör, aber wie oft kann man denn einem Mann einen verchromten Locher schenken, bis er es bemerkt? Auch Brieföffner und Taschenmesser werden gern genommen. Beides braucht Robert eigentlich nicht.

Marie, meine beste Freundin, erzählte mir kichernd, dass sie ihrem Mann Strapse geschenkt habe, und als ich erschrocken die Augen aufriss, begann sie schallend zu lachen. »Ich trage doch die Strapse«, prustete sie. »Und er freut sich dran.«

Na, das war ja endlich mal eine originelle Idee – aber nicht so ganz mein Stil. Ich stellte mir kurz vor, wie ich mich in rotschwarzer Spitzenmontur auf einem Eisbärenfell räkeln würde, wenn Robert von der Arbeit nach Hause kommt, wie ich ihm mit verführerischem Blick ein Glas Champagner reichen und ihm zuraunen würde: »Happy Birthday, Mister President.« Und wie Robert dann sagen würde: »Ist dir zu kalt, Schatz? Hier, leg meinen Pullover über« oder »Ach, gehen wir auf einen

Kostümball?« Oder »Ich bring' noch mal eben den Mülleimer raus!« Man weiß ja vorher nie, wie ein Mann reagiert, völlig unberechenbar sind sie.

Selbst wenn er sich auf seine rot-schwarz bestrapste, lüstern blickende Ehefrau einlassen würde, könnten wir nie sicher sein, ob nicht eines der zahlreichen Kinder um die Ecke biegen und ein Glas Milch oder ein weiteres Schlaflied fordern würde.

Und überhaupt: Mir steht Rot überhaupt nicht, und ein Eisbärenfell haben wir auch nicht. Also doch lieber ein Taschenmesser? Oder einen Staubsauger? Man soll doch immer das schenken, was man am allerliebsten selbst behalten würde. Ob manche Männer deswegen Bügeleisen verschenken? Weil sie den tiefenpsychologisch verschütteten Wunsch hegen, ihre Hemden selbst zu bügeln? Einen Versuch wäre es wert.

In diesem Jahr schenke ich Robert eine hübsche, alte Kristallkaraffe vom Flohmarkt, die ich dann mit gutem schottischem Whiskey füllen werde. Das wird hübsch aussehen und einmalig sein, gut schmecken und originell sein. Denn so ganz unter uns: Ich trinke lieber Whiskey, als dass ich mich halb nackt im kneifenden Tanga auf Bärenfellen räkele, und ich hoffe, dass das Geburtstagskind da ganz meiner Meinung sein wird!

26

Brust-OP ohne Narkose ...

Wo wir hier so nett unter Frauen sind: Sind Sie mit Ihrem Busen zufrieden? Größe? Form? Prall- und Straffheit? Ja? Dann ist das schön, und Sie müssen nicht weiterlesen ...

Oder doch eher nein? Dann herzlich willkommen im Club. Gerade der Busen, an dem wir doch so herrlich rummogeln können, und den selten einer zu sehen bekommt, wenn Mann/Frau nicht unbedingt möchte, macht uns so viel Kopfzerbrechen.

Und ich weiß, wovon ich spreche: Ich bin nämlich die Ober-Moglerin, wenn es um die Oberweite geht. Neulich, in der Unterwäsche-Abteilung, da habe ich fast geheult, weil wieder alle BHs so gemein zu mir waren – und die Verkäuferin sowieso.

»Körbchengröße?«, herrscht sie mich an, als ich um einen Ständer mit nachtblauen Spitzen-BHs herumschleiche. »Nun«, sage ich ausweichend, denn ich will meinen BH allein kaufen, »das kommt darauf an.«

»Worauf?«, fragt sie und glotzt mir auf den Busen.

»Auf ... auf ...«, stotterte ich. »Vielen Dank, aber ich komme allein zurecht!«

»Sie haben Körbchengröße A. Ich schätze, Sie sind eine 70 A«, tönt sie durch die ganze Abteilung, als wäre das eine ansteckende Krankheit.

»Pssst!«, mache ich gereizt.

»Da finden Sie an diesem Ständer sowieso nichts!«, sagt sie genauso laut wie eben, und ein vorbeilaufender junger Mann guckt mir interessiert auf die Bluse. Ich schwitze. Was macht der denn hier in der weiblichen Unterwäsche-Abteilung? Der

Weltneuheit
der aufpumpbare
Super BH!
800
700

soll mal schleunigst bei den Sockenhaltern da hinten rechts abtauchen. Tut er aber nicht, sondern stellt sich neben mich und sucht einen traumhaften, spitzenbesetzten Bügel-BH, Körbchengröße D, heraus. Mir fallen fast die Augen heraus. Das Leben ist ungerecht. Einmal, nur ein einziges Mal, möchte ich so einen BH ausfüllen. Das habe ich nicht einmal zu Stillzeiten geschafft.

»Gibt es dazu den passenden String in 36?«, fragt der Lüstling neben mir die Verkäuferin. Die strahlt übers ganze Gesicht, reicht ihm augenblicklich das Gewünschte und bittet ihn zur Kasse. Ich schleiche mich derweil zum Ständer mit den Wonderbras.

Ein Schild lässt mein Herz höher schlagen: »Weltneuheit: der aufpumpbare Super-BH!«, steht da in roten Lettern. »Passen Sie das Volumen Ihres Dekolletees einfach dem Anlass an!«

Ah! Und eine kleine Luftpumpe gibt es auch dazu, um die herausnehmbaren Einlagen mit so viel Luft zu füllen, wie man mag. Mir kommen fast die Tränen. Dieser Erfinder muss die Frauen lieben, die flachbusigen jedenfalls.

»Und?« Wieder steht die Verkäuferin neben mir. »Haben Sie etwas Passendes gefunden?«

Ich zucke zusammen. Wo sie nun schon da rumsteht, kann ich sie ja auch mal etwas fragen. Räuspernd flüstere ich: »Sagen Sie bitte, diese Super-BHs – funktionieren die auch, oder könnte es passieren, dass mir auf einmal zischend Luft entweicht?« Sie zieht die Stirn in Falten. »Reklamationen hat es bisher noch nicht gegeben!«

Natürlich nicht, denke ich. Welche Frau würde mit einem prallen und einem verschrumpelten Busen ins Kaufhaus rennen, eine Luftpumpe über dem Kopf schwingen und sich lautstark beschweren? »Wir haben hier noch diese dezenten Silikon-Einlagen«, reißt sie mich aus den Gedanken. »Operativ?«, frage ich entsetzt. Ich wusste ja gar nicht, dass Karstadt auch Schönheitsoperationen durchführt.

»Aber nein!« Die Verkäuferin macht ein genervtes Gesicht. »Kleine Kissen, die Sie sich in den BH legen!«

Ich schaue enttäuscht. »Sie werden damit eine größere Körbchengröße benötigen«, verspricht sie, und ich beginne zu strahlen. Das ist sozusagen eine Brustvergrößerung ohne Schnitt und Vollnarkose. Wie nett. Verträumt streiche ich über die kleinen Glibberkissen. Ob sie verrutschen können?

Ich kenne mich aus mit dem Vollstopfen von BHs, die dann mit wenig Busen und vielen Tempotüchern und Watteбällchen ausgefüllt sind und sich merkwürdig beulig präsentieren. Einmal habe ich sogar ein Wattebällchen verloren, es war hellblau und wanderte mir aus dem Dekolletee, bis es in mein Sektglas wehte und ich hochrot die Party verließ. Wenn mir nun so ein dickes Glibberkissen ins Sektglas plumpsen würde? Oder direkt auf meinen Teller im Restaurant? Oder der Kellner würde sagen: »Sie haben da eben etwas verloren!«, und mir meine Silikoneinlage auf den Tisch legen? Nicht auszudenken ... Ich habe die Einlagen trotzdem gekauft – und die zum Aufpumpen auch, weil ich die kleine Pumpe so herzig fand. Soll ich Ihnen beizeiten von meinen Erfahrungen berichten?

Es tut mir Leid, wenn ich die Leserinnen, die der Meinung sind, einen zu großen Busen zu haben, mit dieser Kolumne nicht ansprechen konnte, denn da fehlt mir bedauerlicherweise die Erfahrung. Minimizer und Sport-BH sind klangvolle Fremdworte für mich. Seien Sie dankbar, dass Sie nie mit Luftpumpen, Silikonkissen und Füllpolstern konfrontiert werden, und erfreuen Sie sich an Ihrer wogenden Weiblichkeit ...

27

Mutter zu sein ist echt schwer

Manchmal macht man es sich als Mutter einfach zu schwer. Der Besuch eines Spielplatzes beginnt z. B. mit dem Packen einer großen Tasche …

Windeln müssen dort hinein, Feuchttücher, Ersatzkleidung, Kuschelhäschen Puschel und Anneliebe, das Püppchen. Nicht zu vergessen ein leichter, vitaminreicher Zwischendurch-Snack – geschälte Möhrchen, geviertelte Äpfelchen – und etwas zu trinken. Ein kindlicher Organismus braucht Unmengen an Flüssigkeit. Aber einfach nur Wasser trinkt bei uns eigentlich keiner, so viel Flüssigkeit braucht der kindliche Organismus dann auch wieder nicht. Also eine spritzige Apfelsaftschorle.

Als ich fertig bin mit Packen und wir mindestens eine volle Woche auf dem Spielplatz bleiben könnten, ohne Not zu leiden, wollen die Kinder nicht mehr aus dem Haus. Sie puzzeln.

»Kommt schon!«, rufe ich schwitzend und stopfe noch schnell ein paar Heftpflaster in die Tasche.

»Aaaa!«, ruft Sanne und hält triumphierend ein Puzzleteil in die Luft. »Hier ist ja das Ohr vom Bären!«

»Spielplatz!«, locke ich. Mäxchen grunzt verächtlich und hämmert mit seinem Plastikhammer das Puzzle zurecht. »Müssen wir?«, fragt Samuel und schaut mich verärgert an.

Am liebsten hätte ich »Ja!« gesagt. »Ja, ihr müsst jetzt, weil ich eine lange Zeit damit zugebracht habe, Pflaumen zu waschen und in Tupperdöschen zu legen, Möhren zu schälen und ein Apfelsaft-Mineralwasser-Gemisch in Flaschen zu füllen. Ich habe Taschentücher und Kopftücher dabei, falls ihr Pirat spielen wollt.« Ich seufze.

»Wir können ja morgen gehen, wenn du so gerne magst!«, tröstet mich Sanne. »Wir gehen jetzt oder nie wieder«, meckere ich, und das ist natürlich unfair.

»Wo ist Anneliebe?«, fragt Samuel streng. »Ha!«, denke ich. »Jetzt habe ich gleich einen auf meiner Seite.«

»Die sitzt ganz unten in der Tasche für den Spielplatz und möchte zu gerne los!« Ich lächele meinem Sohn aufmunternd zu. Der lächelt lässig zurück.

»Dann hol sie bitte raus«, sagt er freundlich und bestimmt. »Es ist ihr zu eng da unten, und sie würde lieber mitpuzzeln!«

Zack. Keine Widerrede. Mein Sohn wird mal eine Berühmtheit in erfolgreicher Personalführung. Ich hole Anneliebe hervor, und auch sie guckt mich irgendwie genervt an. Schon gut! Mit einem Tupperdöschen voller entsteinter Pflaumen setze ich mich auf den Balkon, trinke Apfelsaftschorle aus der Flasche und grübele über Kindererziehung nach. Wie war das neulich bei Tante Ruth gewesen?

Tante Ruth, die Kinderlose, hatte die ganze Familie zum Kaffee eingeladen. Ich wusste, dass sie natürlich kein Spielzeug besaß, nur einen zickigen Kater und einen großen Garten voller Blumen. Also packte ich Legobausteine, Malstifte, Bilderbücher und Kuscheltiere in eine Tasche. Die Kinder sollten sich doch bloß nicht langweilen und anfangen, auf dumme Gedanken zu kommen.

»Wollt ihr spielen?«, fragte ich sie. »Ich habe alles dabei.«

»Später«, sagte Sanne und öffnete die Tür zum Garten. »Es ist alles in der Tasche«, rief ich ihr nervös hinterher, denn Kinder, die Langeweile haben, werden unleidlich, machen Unsinn, um die Aufmerksamkeit auf sich zu ziehen. Das habe ich gelesen.

»Ist dir langweilig?«, flüsterte ich Samuel ins Ohr. »Aber nein«, antwortete er und folgte seiner Schwester nach draußen. »Ihr habt die Tasche vergessen!«, rief ich.

»Lass sie doch«, mischte sich Tante Ruth ein. »Sie werden schon ihre Beschäftigung finden. Wir haben früher auch nur ein paar Holzäste und Tannenzapfen zum Spielen gehabt!«

Ein bisschen beleidigt trank ich einen Schluck Kaffee. »Was weiß die alte, kinderlose Tante denn schon?«, dachte ich. »Früher? Holz? Tannenzapfen? Dass ich nicht lache.«

Es war verdächtig still im Garten. »Ich werde mal gucken gehen!«, rief ich, doch bevor ich aufstehen konnte, meldete sich schon wieder Tante Ruth zu Wort. »Sie sitzen da hinten unter dem Holunderbusch!«, sagte sie. »Lass sie bloß in Ruhe!«

So langsam begann ich, mich zu ärgern. Meine armen Kinder langweilen sich hier zu Tode, ihnen wird Spielzeug verweigert, und eine altjüngferliche Tante plappert mir pausenlos ins Konzept. Wenig später schlich ich mich ins Bad, öffnete das Fenster und rief in den Garten: »Hallo, Kinder! Haltet durch, wir gehen bald nach Hause!«

»Ooooch, neiiin!«, erklang es dreistimmig unter dem Holunder hervor. »Hier ist es soooo schön!«

»Was macht ihr denn die ganze Zeit?«, wollte ich wissen.

»Wir singen, und vorhin haben wir einen Igel gesehen. Und wir haben aus Holzästen eine Burg gebaut!«, lautete die Antwort, und ich fiel vor Erstaunen fast aus dem Badezimmerfenster.

Ab sofort packe ich keine großen Taschen mehr, nur ganz kleine, mit einer Flasche Wasser darin. Holzäste, Steinchen und Tannenzapfen liegen überall herum und scheinen interessanter zu sein als ein Spielzeughaufen. Man muss die Kinder nur lassen!

28

Frischer Wind in meinem Leben

Manchmal im Leben, wenn man spürt, dass der Wind mal wieder aus einer anderen Richtung wehen könnte, ist einem urplötzlich nach einer Typveränderung …

Und wenn man 24 Stunden später, nach einem Radikalhaarschnitt und dem Kauf eines ultrakurzen Mini-Lederrocks und hochhackigen Schnürsandalen immer noch aussieht wie ein fröhlicher Legionär mit Wuschelkopf – dann wird die äußere Veränderung vielleicht auch eine Veränderung im Leben bedeuten. Wenn man allerdings heulend in der Ecke liegt, Sandalen und Rock im Kleiderschrank vergraben hat und schluchzend ausrechnet, wie viele Wochen es dauern wird, bis man sich wieder einen Zopf machen kann, dann …

Ja, dann ist etwas schief gelaufen. So wie bei mir neulich. Da dachte ich mir, dass ich mich mit meinen reifen 36 Jahren vielleicht allmählich von meiner überlangen Haarpracht trennen sollte und meine Garderobe etwas aufpeppen könnte. Also ging ich zuerst den Weg, den alle Frauen gehen, wenn es plötzlich so windstill im Leben ist: Ich ging zum Friseur!

Friseure sollten eigentlich in ihrer Ausbildung auch ein Jahr Psychologie belegen, denn mein Friseur zögerte nicht lange rum, griff zur Schere und »ritsch, ratsch« saß ich da, mit einem frechen Bubikopf, obwohl mir gar nicht so frech zumute war.

»Das sieht kess und witzig aus«, näselte der Figaro, und das passte mir auch nicht in den Kram, wer will denn kess und witzig aussehen? Und das mit 36? Mir war eher nach »edel, fraulich, raffiniert …«

Und am liebsten wäre es mir wohl gewesen, wenn der Friseur

sich geweigert hätte, meine wundervollen, langen Haare auch nur anzurühren. Hätte er nicht sagen können: »Gnädige Frau! Dieses lange, glatte, glänzende Haar ist ein Geschenk der Natur, und es unterstreicht Ihre anmutige, elfenhafte Grazie. Ich werde keinen Millimeter abschneiden!«? Ja, das wäre ein kompetenter Friseur gewesen.

Ich seufzte, zahlte und ging mit hängenden Schultern hinaus auf die Straße.

Alle Leute starrten mich an. »Seht nur!«, schrie es aus ihren gaffenden Augen. »Diese Frau ist entstellt!« Im Widerschein eines Schaufensters kam mir mein Spiegelbild spießig und bieder vor. Also seufzte ich wieder und flüchtete mich in ein Schuhgeschäft. Naomi Campbell hatte ich neulich auf einem Foto gesehen, mit diesen supersexy Sandalen, die bis zum Knie geschnürt werden. So etwas wollte ich schon immer mal tragen! Aber Naomi Campbell hat lange, braune Beine und was sie auch hat: lange Haare. Genau wie Nicole Kidman und Maxima von den Niederlanden. Während ich mir die ledernen Schnüre um die bleichen Waden band, musste ich schon wieder mit den Tränen kämpfen. Bis mir einfiel, dass ja Hale Berry auch einen Bubikopf trägt.

Und sie hat trotzdem einen Oskar erhalten! Entschlossen putzte ich meine Nase und stellte mich mit Legionärsbeinen vor den Spiegel. Hm! Wie sah das nun aus? Oskarreif? Oder eher ein bisschen verkleidet? Aber doch auch sehr interessant ... Allerdings nicht so sexy wie Naomi Campbell. »Sieht toll aus«, sagte eine Verkäuferin im Vorübergehen, und ich war ihr so dankbar für diese drei Worte, dass ich die Sandalen sofort kaufte. Wieder auf der Straße starrte ich nach wenigen beschwingten Schritten in die Einkaufstüte. Ich musste den Verstand verloren haben: Ein Paar ordinäre hochhackige, billig aussehende, aber sündhaft teure Schuhe lagen darin. Und diese verlogene Verkäuferin war ganz gewiss am Umsatz beteiligt, sagt jedes Mal »Sieht toll aus!« und verdient sich eine goldene Nase mit ihrem Lügen. Was würde ich zu diesen Schuhen überhaupt tragen?

Mit einem Taschentuch unter der Nase betrat ich wenig später eine Boutique und ließ mir ein rosa Lederröckchen aufschwatzen. »Wenn schon, denn schon!«, dachte ich mutig und drehte mich lasziv vor dem Spiegel der Umkleidekabine. Ich wackelte ein bisschen mit den Hüften. Mit 36 gehört man doch heutzutage noch nicht zum alten Eisen. Warum soll man seine weiblichen Reize nicht auch mal präsentieren?

»Hier ist noch ein sexy Fransen-Shirt dazu«, sagte die Verkäuferin und reichte mir ein transparentes Fähnchen durch den Vorhang. Aha, bauchfrei.

Warum nicht? Ein komplettes Outfit war das jetzt. Toll. Und dazu dieser lässige Haarschnitt. Auf dem Weg zur Kasse war ich ein neuer Mensch, wieder auf der Straße überwältigten mich Zweifel, und zu Hause angekommen, warf ich die Tüten in den Schrank und mich selbst aufheulend aufs Bett.

Ich rechnete aus, dass meine Haare in ungefähr einem Jahr wieder in einen Zopf passen würden, und erkannte, dass blasse Beine von Leuten, die niemals auf einem Titelblatt zu sehen sind, in hochhackigen Legionärssandalen einfach ein bisschen albern aussehen. Meine jedenfalls. Ach ja: Wenn mir das nächste Mal nach frischem Wind in meinem Leben ist, dann setze ich mich erst mal vor einen Ventilator und denke in Ruhe nach …

29

Ein toller Tag auf dem Rummel …

Es gibt Dinge, die fand man früher toll und kann es heute gar nicht mehr verstehen. Grüne Wimperntusche und Musik von Modern Talking zum Beispiel.

Oder bunte Nylonstrümpfe und selbst gestrickte Stulpen darüber. In den Achtzigern fühlte ich mich damit top-modisch gestylt, heute schäme ich mich, wenn ich die alten Fotos sehe.

Es gibt aber noch andere Vorlieben, die dem Wandel der Zeit glücklicherweise zum Opfer gefallen sind: Meine erste große Leidenschaft hieß nämlich »Asterix der Gallier«, der wenig später von David Hasselhoff abgelöst wurde, und mit beiden hat mein liebster Ehemann Robert eigentlich nicht so viel gemein.

Neulich waren wir mit den Kindern auf dem Rummelplatz, weil ich mich lebhaft an jugendliche Glücksmomente auf Riesenrädern und Autoskootern erinnern konnte. Prompt blieb ich beim Süßigkeitenstand stehen und guckte mit großen Augen in die Auslage. Kandierte Trauben, Apfel und dieser Duft!

So süß und schwer, wie früher! »Ich muss jetzt sofort einen Apfel haben«, sagte ich zu meinen Kindern, und die wollten natürlich auch einen. Fröhlich machten wir uns ans Knabbern und erreichten mit rot verschmierten Mündern die Geisterbahn.

»Na? Wie wär's?«, raunte Robert mutig in mein Ohr. Er hat doch ein bisschen was von Asterix, wenn der seinen Zaubertrank intus hat. »Ob die Kinder sich nicht gruseln?«, fragte ich zurück.

Doch besagte Kinder saßen bereits in einer abfahrbereiten

Gondel. Früher fand ich es besonders toll, wenn ein grünes Gerippe oder eine kopflose Dame auf das Wägelchen sprangen und mir ins Ohr stöhnten. Ob ich das noch mögen würde?

Der Wagen fuhr an, voll gepackt mit mutigen Kindern, einem heldenhaften Ehemann und einer skeptischen Frau, die sich an ihrem kandierten Apfel festklammerte. Wir fuhren in die Finsternis, ich bildete mir ein, dass es nach Moder und Verwesung roch. Plötzlich baumelte eine erhängte Katze über uns, mit rot glühenden Augen.

Ich hörte die Kinder noch gelangweilt »Pöh!« machen, da konnte ich meinen Entsetzensschrei schon nicht mehr zurückhalten. Und dann flog eine Hexe auf einem Besen vorüber, und die sah so böse aus, dass es mich jetzt noch schüttelt. Also schrie ich gleich weiter.

Fackeln flackerten, Fledermäuse flatterten, die Kinder kicherten, und ich brüllte schon wieder los, weil es pechschwarz geworden war, und jemand in mein Ohr stöhnte. Eine kopflose Dame? Ein Skelett? Der Tod höchstpersönlich? Panik!

Da ich keine Luft mehr bekam, holte ich mit meinem kandierten Apfel aus, schlug zu, so fest ich konnte und hörte den Schmerzensschrei meines lieben Ehemannes. Geschieht ihm recht, was macht er sich auch über mich lustig.

Endlich fuhren wir wieder ins Tageslicht. Die Kinder lachten, Robert rieb sich den Kopf, und mir war übel.

»Weiter, Mama«, riefen die Kinder und zogen mich zur Achterbahn.

Na, hier würde es wenigstens keine Monster geben, und in ausgelassener Stimmung setzte ich mich in einen Wagen, neben mir Sanne. Die Jungs durften noch nicht mitfahren und nutzten die Zeit, um mit Robert Zuckerwatte zu kaufen.

Und los ging's. »Schneller!«, hörte ich mich rufen. Der Wagen raste in die Tiefe, um die Ecke, wieder nach oben, drehte einen Looping. Früher war das irgendwie anders gewesen, nicht so schnell.

»Mir ist schleeeecht!«, kreischte ich. »Aaaaaanhaaaalten!«

Keiner hörte mich. Ich klammerte mich an meiner Tochter fest und konzentrierte mich darauf, meinen Mageninhalt bei mir zu behalten. Endlich war es vorüber.

»Wir haben dich über den ganzen Rummel schreien gehört«, rügte mich Samuel.

Ich stieß einmal säuerlich auf und lehnte mich gegen eine Wand, Mutter Erde unter meinen Füßen, wie wunderbar.

»Jetzt aufs Karussell!«, rief Samuel, drückte mir eine rosa Zuckerwatte in die Hand und eilte voraus.

»Ich streike«, rief ich. Allein dieser übersüße Geruch verstärkte meine Übelkeit.

»Noch mal Geisterbahn«, jubelte Sanne und vergrub ihr Gesicht in der Zuckerwatte.

In diesem Moment konnte ich gut verstehen, wie glücklich sie sich gerade fühlen musste. Ich wusste allerdings auch, dass ich eine weitere Aktivität auf dem überlauten Rummelplatz nicht ohne Angstattacken und Brechanfälle überstehen würde.

»Macht ihr mal«, sagte ich also, holte meinem Ehemann noch ein paar rote Zuckerkrümel aus den Haaren und setzte mich dann in ein Kaffeehäuschen, wo ich mir einen Magenbitter bestellte. Während ich zufrieden daran nippte beobachtete ich die Kinder, wie sie mit wehenden Haaren und klebrigen, glückseligen Gesichtern auf dem Karussell fuhren. Und mir fiel auf, dass Robert im Profil doch ein kleines bisschen wie David Hasselhoff aussieht.

Manche Vorlieben behält man eben ein Leben lang bei …

30

Die Sache mit den kleinen Notlügen

Sie kennen sicher die Weisheit: »Wer lügt, dem wächst die Nase lang!« Schade eigentlich, umgekehrt wäre es besser. Dann würden wir alle ein bisschen hübscher aussehen.

Denn es wird gelogen, dass sich die Balken biegen. Meist sind es nicht mal die großen Lügen, sondern die, die uns den Alltag so nett erleichtern, die so genannten Notlügen. Wenn ich meiner 9-jährigen Tochter Sanne auf ihre Nachfrage, was denn ein »primitives Weibsbild« sei und wieso ich die Nachbarin gestern so genannt hätte, antworte: »Das heißt, dass die Nachbarin eine schrecklich dumme Kuh ist und ich sie auf den Tod nicht leiden kann«, dann würde ich mir das Leben nicht gerade leichter machen. Zumal die Tochter des »primitiven Weibsbildes« mit meiner befreundet ist. Also sage ich ausweichend: »Das bedeutet, dass sie eine andere Auffassung vom Leben hat.« Was ja nicht einmal so sehr gelogen ist …

Und wenn mich die Schwiegermutter morgens um Viertel nach 10 Uhr anruft und fragt: »Was machst du gerade?«, werde ich einen Teufel tun, ihr zu antworten: »Och! Nichts besonderes. Ich liege noch gemütlich im Bett, trinke die sechste Tasse Kaffee, lese ein Buch und esse einige Pralinen!« Dann würde sie nämlich garantiert sagen: »Während sich mein wunderbarer Sohn den Rücken für euch krumm schuftet, könntest du dich auch ein bisschen nützlich machen!« Lieber antworte ich: »Du, ich habe gerade gar keine Zeit, mit dir zu plaudern. Ich mache nämlich gerade Großputz.« Und das Schlimmste, was mir dann droht, ist: »Na endlich. Das wird aber auch Zeit!«

Danke
Tanja

Wenn einem eine schrecklich langweilige Abendeinladung bevorsteht, dann schiebt man es auf die lieben Kleinen: Es ist in der ganzen Stadt kein Babysitter aufzutreiben. Oder: Der Babysitter ist krank geworden. Oder: Die Kinder sind krank geworden.

Letztens bekam ich ein extrem scheußliches Geschenk. Sollte ich sagen: »Das ist ja wohl das Allerhässlichste, was ich je zu Gesicht bekommen habe. Aber trotzdem vielen Dank!«? Nicht doch!

Ich antwortete brav: »Eine lila Maske mit künstlichen Federn! Wie entzückend. Und wie gut sie über mein rotes Sofa passen wird!« Zu Hause stopfte ich sie mitsamt Einwickelpapier in den Müll.

Wie schön, wie nett, wie freundlich. So geht es den ganzen Tag.

»Schmeckt Ihnen der Kuchen?«

(Staubtrocken ist er, meine Teuerste!) »Ganz hervorragend!«, huste ich krümelnd. »Würden Sie mir wohl das Rezept verraten?«

»Kommen Sie am Dienstag zum Dia-Abend?«

(Nichts liegt mir ferner!) »Natürlich kommen wir. Aber halt ... Da fällt mir gerade ein: Wir müssen ja zum Elternabend. Ach, wie schaaade!«

»Wie gefällt Ihnen unsere neue Wohnung?«

(Hässlicher Neubau, mieser Stadtteil, alptraumhafte Tapeten überall. Hier möchte ich nicht tot über'n Zaun hängen!) »Ganz, ganz wundervoll. Und so geschmackvoll und erlesen eingerichtet!«

Und sagen Sie jetzt bloß nicht, Sie würden immer die Wahrheit sagen. Dann ist das garantiert gelogen. Oder Sie haben sowieso keine Freunde, und dann wissen Sie jetzt auch, warum. Der Mensch lügt und möchte belogen werden.

Das liegt ihm so im Blute. Oder kaufen Sie nicht auch immer wieder Cremetuben, auf denen steht: »80% nachweisbare Faltenreduzierung innerhalb von zwei Wochen«?

Und wenn man dann nach zwei Wochen vor dem Spiegel steht und seine zu 80% faltenreduzierte Haut unter die Lupe nimmt, dann lügt man gleich weiter, nämlich sich selbst in die

Tasche, indem man den Eindruck hat, dass die Lachfalten um die Augen ein klein wenig aufgepolsterter wirken. Mal ganz ehrlich: Würden Sie eine Antifaltencreme kaufen, auf der steht: »Hilft sowieso nicht, aber schaden tut es auch nicht!«?

»Wieso hast du der Oma vorhin gesagt, dass du am Donnerstagnachmittag ganz dringend zum Arzt musst, wo du doch zum Papa gesagt hast, dass du am Donnerstagnachmittag endlich einmal deine Ruhe haben willst?«, fragte mich mein Töchterlein kürzlich mit schiefem Blick von unten. Sie hat ein Alter erreicht, wo man mörderisch aufpassen muss, was man in ihrer Gegenwart so alles sagt.

»Ich gehe ja vielleicht auch zum Arzt«, stotterte ich herum.

»Ich denke, es ist ganz dringend?«, bohrte sie weiter.

»Das erkläre ich dir, wenn du älter bist«, antwortete ich feige.

Letztens traf ich meine Nachbarin im Hausflur. Sie wissen schon: das »primitive Weibsbild«. Sie lächelte mich an und sagte: »Ach, Frau Wekwerth! Ich kauf mir jede Woche die Laura nur wegen Ihrer tollen Kolumne. Sie schreiben immer so fröhlich und lebensnah. Finde ich ganz toll.«

Da habe ich kurz gestutzt. Nanu? Vielleicht ist sie ja gar kein so primitives Weibsbild? Eigentlich ist sie doch sehr nett. Ich sollte sie mal zum Kaffee einladen. Oder war das jetzt etwa von ihr gelogen?

31

Die Sache mit den Ausreden …

Kennen Sie das? Man tut etwas »Sündiges«, z. B. Schokolade essen. Nach dem dritten Stück meldet sich das schlechte Gewissen zu Wort. Doch zum Glück fallen einem in diesem Moment die neuesten Ernährungsstudien ein …

Und die belegen netterweise, dass Schokolade Herz und Zellen schützt. Ist das nicht wundervoll?

Mit leichtem Herzen langt man gleich noch einmal zu, denn man möchte ja auch ausreichend Glückshormone mit auf den Weg bekommen: Serotonine heißen diese Schätzchen und wirken wahre Wunder.

Wenn die Tafel alle ist, befällt einen eventuell das dumpfe Gefühl, dass zu viel des Guten nicht unbedingt »besser« bedeuten muss – aber halt!

Da kommt mir gerade noch rechtzeitig in den Sinn, dass ich ein charakterstarker Mensch bin und keine halben Sachen mache. Sind mir die Serotonine zu Kopfe gestiegen?

Aber was soll die schöne Schokolade hier rumliegen und ranzig werden? Das würde sie nämlich tun, denn die Kakaobohne ist ein ganz natürliches Produkt, das viele natürliche Fette enthält. Natürliche!

Ich habe also gerade ein Naturkostprodukt zu mir genommen, denn ist die Kakaobohne eine Bohne, oder ist sie keine? Ha! Ich habe also zerkleinerte Bohnen gegessen. Na, wenn das nicht gesund ist …

Und so drehe und wende ich alles im Leben, wie ich es gerade brauche.

Der Küchenfußboden ist nicht ganz sauber?

Na ja, ich habe eben noch anderes zu tun, als im Haus herumzufeudeln, denn ich bin eine viel beschäftigte Frau. Und es ist wissenschaftlich erwiesen, dass Kinder, die mit ein paar Bakterien konfrontiert werden, viel resistenter und weniger anfällig sind. Sie sind sogar besser in der Schule, behaupte ich jetzt einfach mal. Das gehört zum Zurechtdrehen der Tatsachen dazu.

Ich habe beim Einkaufen schon wieder die Hälfte vergessen?

Nun, dann koche ich eben ohne Butter und Öl, ist sowieso viel gesünder. Und Lasagne ohne Nudelplatten herzustellen ist eine kulinarische Herausforderung der besonderen Art, der ich mich jetzt gleich stellen werde.

Dass das Ergebnis an einen matschigen Eintopf erinnert, bringt mich gar nicht aus der Ruhe, denn sind nicht die berühmtesten Gerichte, wie Pizza, Paella, Risotto und Nudelaufläufe nichts weiter als verunglückte Resteverwertungen? Vielleicht habe ich mit meiner unvollständigen Lasagne eine Weltneuheit an Küchenkunst kreiert?

»Schmeckt wie Lasagne ohne Etagen!«, kommentiert Sanne meine improvisierte Kunst trocken.

»Hauptsache, es schmeckt!«, antworte ich.

»Das habe ich nicht gesagt!«, meckert mein Töchterchen, die mir das Verdrehen der Tatsachen in letzter Zeit immer schwieriger macht.

Neulich waren meine Haare morgens mal wieder besonders strubbelig und unfrisiert, da fiel mir prompt der neue »natürliche Look« ein, der dieses Jahr so aktuell ist.

Völlig zerzaust stand ich also beim Bäcker und dachte an all die Modells, die auch gerade verstrubbelt durch Paris und New York schlendern.

»Die sind aber 20 Jahre jünger als du!«, fiel mir ein, und ich grübelte, wie ich mir das mal eben zurechtdrehen könnte.

»Ja bitte?«, fragte mich die Bäckersfrau streng und starrte entgeistert auf meinen Wuschelkopf.

»Acht Brötchen, bitte!«, flüsterte ich und versuchte, mich ehrlich und unverstellt zu geben. Ich habe es nicht nötig, eine Stunde vor dem Spiegel zu stellen, bevor ich das Haus verlasse. Ich bin authentisch, ich bin ich selbst, ich mag mich so, wie ich bin.

»Ist Ihnen die Haarbürste abhanden gekommen?«, lachte mich die Bäckersfrau breit an und hinter mir wurde gekichert. Ich spürte, wie ich rot anlief.

Darauf war ich nicht vorbereitet. Was nun? Sollte ich ihr was von Paris und New York erzählen? Wohl kaum. Warum war ich denn wirklich so zerzaust?

Weil ich keine Zeit hatte, mir die Haare zu kämmen. Weil ich seit 6 Uhr früh auf war und Sanne dabei helfen musste, ihr Lesebuch zu finden, weil Samuel seinen Kakao über den Tisch gekippt hatte und Max »Hunger« brüllte und ich kein Brot im Haus hatte und die Marmelade schimmelig war. Darum. Ganz einfach.

Und das habe ich der Bäckersfrau dann auch alles erzählt. Ein Zurechtdreher fiel mir einfach nicht mehr ein.

Da verschwand das Grinsen auf ihrem Gesicht und sie steckte mir eine extragroße Zuckerschnecke in die Tüte. »Die ist für Sie!«, sagte sie und lächelte auf einmal sehr nett. »Wenn nachher alle aus dem Haus sind, dann kochen Sie sich noch einen Kaffee und essen in aller Ruhe die Zuckerschnecke! Das wirkt Wunder!«

»Ach, wie freundlich Sie sind!«, flüsterte ich gerührt. »Vielen Dank!«

Dann ging ich nach Hause und hielt mich ganz genau an ihren Rat. Schließlich ist Zucker Nervennahrung, und Kaffee besteht auch aus Bohnen, genau wie Schokolade. Wahnsinnig gesund das Ganze.

Eine kurze Auszeit kann man sich eigentlich immer mal zwischendurch gönnen, auch ohne Zurechtdreher.

Das fand ich heraus, während ich glücklich den letzten Zipfel Zuckerschnecke in den Kaffee tunkte. Und dann stand ich auf und ging mir die Haare kämmen …

32

Die klugen Sprüche der Schwiegermutter

»Wenn du etwas tust, dann tue es richtig!«, lautet einer der Leitsprüche meiner Schwiegermutter. Und solange ich sie kenne, hat sie sich daran gehalten …

Ganz besonders, wenn es ums Reinquatschen in die Angelegenheiten ihrer Schwiegertochter geht. Und die bin ich!

»Wie sieht es denn in deiner Speisekammer aus?«, fragte sie neulich und begann, Konservendosen und Zuckerpakete umzuschichten.

»Ach, lass nur. Ich finde mich sehr gut zurecht.« Nervös räusperte ich mich. »Das ist sozusagen meine eigene Ordnung.«

»Wenn es ordentlich wäre, wüsstest du, dass diese Thunfischdose seit drei Monaten abgelaufen ist!« Mit vorwurfsvollem Gesicht verschwand sie in der Kammer, um erst eine geschlagene Stunde später wieder aufzutauchen. Und dann sagte sie, was sie immer sagt: »Wenn du etwas tust, dann tue es richtig!«

»Ich habe ja gar nichts getan!«, widersprach ich bockig und wurde sogleich mit der nächsten Weisheit gequält:

»Eben! Ordnung ist das halbe Leben«, tadelte die Schwiegermutter und bedachte mich mit einem Blick, in dem geschrieben stand: »Warum hat mein Junge nicht die nette Susi von nebenan geheiratet?«

»Weil die vielleicht eine ordentliche Speisekammer aufweisen könnte, aber ansonsten nicht so liebenswert chaotisch und lebenskünstlerisch gewesen wäre wie ich«, war in meinen Augen zu lesen. Und grimmig goss ich der Schwiegermutter eine Tasse

Ordnung
ist das halbe
Leben
Hafer

Kaffee ein, in der Hoffnung, dass wir jetzt ein wenig über das Wetter reden würden.

»Hat denn das Mäxchen noch seinen Schnuller?«, wollte sie nach einem Schluck wissen.

»Nur zum Schlafen und wenn er müde ist!«, antwortete ich vorsichtig.

»Er ist viel zu alt dafür!«, befand sie. Und dann kam der nächste Spruch: »Was Hänschen nicht lernt, lernt Hans nimmermehr.«

Ich zermarterte mir den Kopf, um auch mal so eine Lebensweisheit loszuwerden. Das Einzige, was mir spontan einfiel, war: »Bier auf Wein, das lass sein!«, und das passte thematisch so gar nicht, aber dafür reimte es sich.

»Quatsch mir doch nicht immer rein, denn das finde ich gemein«, dichtete ich still in die Kaffeetasse. Oder wie wäre es mit: »Immer wieder, Tag für Tag, jeder so, wie er es mag«?

Das klang doch ganz überzeugend. Doch bevor ich weiterreimen konnte, war die Schwiegermutter aufgestanden, um nach Hause zu gehen, und ich blieb zurück, mit einer so aufgeräumten Speisekammer, dass ich erst mal gar nichts wiederfand.

Am nächsten Morgen um halb acht klingelte das Telefon. »Morgenstund hat Gold im Mund«, begrüßte mich die Mutter meines Mannes.

»Wo hast du die Haferflocken hingeräumt?«, wollte ich wissen, denn Morgenstund braucht erst mal was zu essen in den Mund, bevor wir über das Gold reden können.

»Oben rechts«, antwortete sie.

»Ich mache den Kindern schnell Frühstück, und wir sprechen später«, versuchte ich sie abzuhängen, weil ich deutlich kindlichen Tumult aus der Küche vernahm und etwas, das sich anhörte wie zerschlagenes Porzellan.

»Lass dir Zeit!«, beschwichtigte mich die Schwiegermutter. »Und denk dran: Wenn du etwas tust, dann tu es richtig.«

Da knallte ich den Hörer auf, und zwar richtig, und eilte in meine Speisekammer, um alles wieder an seinen ursprünglichen Platz zu räumen. »Anderer Leute Speisekammer ist ihr eigener Katzenjammer!«, schmiedete ich lautstark neue Verse. Sanne kicherte.

»Omas ewiges Gemecker ist nicht mehr als ein Geklecker«, reimte sie, und ich musste herzhaft lachen.

»Na, na!«, ermahnte sie Robert, der liebste Ehemann und Sohn meiner Schwiegermutter. »Ein bisschen mehr Respekt könntest du deiner Großmutter schon entgegenbringen!«

»Der Apfel fällt nicht weit vom Stamm«, schlaumeierte ich begeistert, denn die vorangeschrittene Morgenstunde hatte tatsächlich viel Gold im Munde.

»Was hat das denn damit zu tun?«, wollte Robert wissen.

»Wo gesungen wird, da lass dich ruhig nieder, denn Wasser hat keine Balken!«, ließ ich Robert wissen, und in seinem völlig ratlosen Blick las ich so etwas wie: »Warum habe ich damals eigentlich nicht die nette, stille Susi aus dem Nachbarhaus geheiratet?«

»Wo die Liebe hinfällt«, beantwortete ich seine stumme Frage, bevor er verwirrt das Haus verließ.

Als ich kurz darauf die Schwiegermutter zurückrief, sagte sie: »Du solltest mal deine unordentlichen Küchenschränke aufräumen!«

Und ich antwortete: »Was du heute kannst besorgen, das verschiebe STETS auf morgen.«

Sie räusperte sich. »Ordnung ist das halbe Leben«, konterte sie.

Und mir fiel dazu ein: »Jeder kehre vor seiner eigenen Tür.«

Da war sie dann ein bisschen beleidigt und murmelte: »Undank der Welt Lohn.«

Und ich erwiderte triumphierend: »Wo gehobelt wird, da fallen Späne.« Seit diesem Tag ist sie mir nie wieder mit einem klugen Leitspruch gekommen.

Aber man soll den Morgen ja nicht vor dem Abend loben …

33

Wer will schon eine echte Dame sein ...

Früher wollte ich immer so gerne eine richtige »Grande Dame« sein, aber es ist mir nie wirklich gelungen. Damen tragen enge, edle Kostüme und sind so vornehm ...

Damen trinken nachmittags englischen Tee, sprechen und lachen leise und unaufdringlich. Da kann ich schon mal überhaupt nicht mithalten. Vor allem nicht, wenn es um das leise, unaufdringliche Lachen geht. Hahaha ...

Als ich mich das allererste Mal mit Robert, meinem inzwischen liebsten Ehemann, zum Abendessen verabredet hatte, war ich wild entschlossen, durch und durch ladylike aufzutreten. Der Anfang verlief recht viel versprechend, aber lesen Sie selbst:

In dem eleganten Restaurant wurde mir diskret aus dem Mantel geholfen und ein Stuhl unter den Po geschoben. Ich tat so, als würde ich jeden Tag so behandelt und lächelte Robert wohlerzogen über die flackernde Kerze hinweg an.

»Was möchten Sie essen?«, fragte mich Robert nach einer Weile.

»Nur eine Kleinigkeit!«, antwortete ich leise, obwohl mir der Magen knurrte. Aber dass Damen nur Kleinigkeiten essen, ist ja bekannt.

Ich entschied mich schweren Herzens für den »Gemüseteller für den kleinen Hunger«, obwohl ich am liebsten das Filetsteak mit hausgemachten Nudeln verschlungen hätte. Aber wie würde das denn aussehen? Zum Gläschen Prosecco vorneweg brachte uns der Kellner Oliven, Erdnüsse und kross gebackene

Brötchen. Doch bevor ich mir eine Hand voll in den Mund schaufeln konnte, fiel mir wieder ein, dass ich ja beste Manieren beweisen wollte. Also nippte ich bloß mit spitzen, kirschroten Lippen am Sektglas und tat so, als würde ich die netten Appetitlichkeiten gar nicht bemerken.

Als Robert für einen kurzen Moment die Toilette, pardon, die Waschräume, aufsuchte, griff ich gierig über den Tisch, zerkaute hastig fünf Oliven und unzählige Erdnüsse, stopfte mir einen großen Brocken Brot in den Mund, verschluckte mich und trank ein halbes Glas Prosecco hinterher.

Ein Leben als Dame ist anstrengend. Wenn mir nun ein Stück Olive zwischen den Schneidezähnen hängen geblieben war?

Eilig kramte ich aus meiner Handtasche einen Spiegel hervor, kontrollierte Lippensaft, Frisur, Zähne, puderte mir die Nase nach, und als Robert wenig später wieder da war, saß ich völlig entspannt auf meinem Stuhl, mit geradem Rücken selbstverständlich, als wäre nichts geschehen. Dass mir die Nüsse schwer im Magen lagen, war mir nicht anzumerken.

Während Robert mir etwas erzählte, konzentrierte ich mich auf einen interessierten Gesichtsausdruck: diskret, zurückhaltend. Unbemerkt rückte ich meinen Blusenkragen zurecht und achtete auf die Stellung meiner Hände und Beine.

»Nicht wahr?«, fragte Robert und guckte mich interessiert an. Mist! Jetzt wollte er eine Antwort, aber ich hatte ihm doch überhaupt nicht zugehört, so sehr war ich darauf konzentriert gewesen, perfekt zu sein.

»Aber selbstverständlich!«, flötete ich aufs Geratewohl, senkte die Augen und nippte ein weiteres Schlückchen Prosecco, der meinem schmerzenden Magen nicht gut tat. Ich hatte so einen Hunger! Und als schließlich »der Gemüseteller für den kleinen Hunger« vor mir stand, hätte ich am liebsten geweint.

Ich nahm allerdings an, dass Damen nicht einfach in vornehmen Restaurants losweinen dürfen, darum schnippelte ich optimistisch an einem Scheibchen Tomate herum und schielte neidisch (aber unaufdringlich) auf Roberts Teller hinüber, auf dem sich roséfarbene Fleischstückchen tummelten, in sahnig anmutender, cremiger Sauce, umgeben von goldenen Kartöffelchen. Ach! Ich seufzte schwer in meine schlabberige Scheibe Chicorée, die mit Sauerampfer und Sojasprossen garniert war. Davon würde nicht einmal ein Kaninchen satt werden.

»Möchten Sie einmal von meinem Lammkarree probieren?«, fragte Robert mit sorgenvollem Gesicht, und ich glaube, in diesem Moment habe ich mich in ihn verliebt.

»Ja!«, schrie mein Herz.

»Nein!«, kreischte die Dame im edlen Kostüm, die von mir Besitz ergriffen hatte.

»Vielen Dank!«, stieß ich hervor. »Aber ich bin schon ... satt!«

Bedauernd schüttelte Robert den Kopf. Auch eine Nachspeise lehnte ich beherrscht ab, und als ich mich mit einer höflichen Entschuldigung erhob, um die Waschräume aufzusuchen, da rieselten mir unzählige große und kleine Brotkrümel vom Schoß, purzelte eine Erdnuss aus einer Stoff-Falte, kullerte über den Fußboden und blieb direkt vor Roberts Fuß liegen.

Erstaunt blickte er zu mir auf, dann runter zu der Nuss und wieder rauf in mein rot angelaufenes Gesicht.

Und dann musste ich lachen. Ich lachte und lachte und kann Ihnen versichern, dass es weder damenhaft leise noch besonders unaufdringlich war. Hahaha!

Ich lachte wie ein Seeräuber, setzte mich wieder an den Tisch und bestellte mir ein Filetsteak mit hausgemachten Nudeln.

»Soll dieser Robert doch denken, was er will!«, sagte ich mir und aß mit bestem Appetit: nicht nur das Steak, sondern auch noch den »Gemüseteller für den kleinen Hunger«, den verbliebenen Inhalt des Brotkorbs und einen Nachtisch. Ich sprach mit vollem Mund, lachte zu laut und verschwendete keine weiteren Gedanken an den Sitz meiner Frisur.

Zum Abschied gab ich Robert einen sehr aufdringlichen, äußerst indiskreten Abschiedskuss und schickte die Kostüm-Dame, die ich nie sein werde, zur Hölle.

Das ist jetzt zehn Jahre her, und ich habe nie wieder versucht, damenhaft zu sein ...

34

Hilfe, ich kann jetzt nicht mehr!

Neulich, da hatte ich das Gefühl, dass mir mal wieder alles über den Kopf wächst. Als ich meiner Freundin Marie davon erzählte, sagte sie: »Da gibt es nur eine Lösung!«

»Kindermädchen, Zimmerzofe, Küchenpersonal?«, flüsterte ich beeindruckt. Sie schüttelte den Kopf. »Delegieren«, rief sie.

»Ha?«, machte ich ratlos.

»Du musst lernen, Aufgaben zu verteilen!«, riet sie mir, und ich horchte auf.

»Und wie geht das genau?«, fragte ich.

»Lass doch mal die Schwiegermutter für dich bügeln und deinen Mann das Abendessen kochen, und die Kinder könnten den Müll runtertragen und zum Bäcker gehen! So ungefähr geht das«, lautete die Antwort meiner weisen Freundin Marie.

Genial! Wieso war ich da nicht selber drauf gekommen?

»Deckt doch mal den Frühstückstisch«, rief ich den Kindern gleich am nächsten Morgen aus dem Badezimmer zu, denn ich würde jetzt erst mal genüsslich duschen.

»Machen wir«, antwortete Sanne, und während ich unter dem warmen Wasser stand, trällerte ich zufrieden: »Delegiiieren, delegiiiieren!«

Na also, es klappte doch. Nach einem Viertelstündchen kam ich in die Küche geschlendert und stutzte.

Es roch ein wenig brenzlig nach verkohltem Brot. Und dann sah ich Samuel, der mit einem Messer im glühenden Toaster stocherte. Sanne war gerade dabei, den Küchentisch liebevoll mit meinem guten Hochzeitsgeschirr zu decken und Limonade in Tassen zu füllen. Ich rettete Samuel hastig das Leben, öffnete

Limo
Toastmaster
Hony

das Fenster, um die Rauchschwaden abziehen zu lassen, und begann, die kostbaren Teller zurückzuräumen.

»Ich wollte es besonders schön machen«, protestierte Sanne und verzog sich schmollend auf die Küchenbank.

»Aber, Sannchen«, sagte ich milde und begann zu schwitzen. »Heute ist ein ganz normaler Wochentag, und ihr müsst gleich alle aus dem Haus!«

»Na und?«, meckerte sie.

Wieder wollte ich erklären, doch ein Blick auf die Uhr sagte mir, dass nun zum Frühstücken überhaupt keine Zeit mehr war, und ich brachte hungrige, nölende Kinder zu spät in Schule und Kindergarten. Vielleicht hätte ich nicht so unvermittelt mit dem Delegieren anfangen sollen! Unter Zeitdruck delegiert es sich einfach nicht so gut!

Aber heute Nachmittag würde die Schwiegermutter uns besuchen, und der könnte ich bestimmt die eine oder andere Aufgabe übertragen.

Ich verbrachte den Vormittag damit, die Küche wieder in Ordnung und den Toaster zur Reparatur zu bringen.

»Wollt ihr nicht den Kuchen beim Bäcker kaufen gehen?«, fragte ich meine Kinder, denn Maries Worte fielen mir wieder ein.

Begeistert zogen die Kinder los, und wenig später traf die Schwiegermutter ein.

»Könntest du nicht ein bisschen bügeln für mich?«, fragte ich sie frei heraus, denn wer delegiert, sollte sich nicht genieren. Verblüfft sah sie mich an.

»Wenn du deine Arbeit nicht schaffst, kann ich dir natürlich helfen«, antwortete sie mit tief hängenden Mundwinkeln. Na bitte! Man muss eben nur lernen, Aufgaben zu verteilen, und gleich ist das Leben viel leichter.

»Wo sind die Kinder?«, fragte die Schwiegermutter.

Meine Güte! Die müssten doch längst vom Bäcker zurückgekehrt sein! Mein Herz begann zu rasen. Meine Kinder, meine drei Kinder! In Hausschuhen raste ich auf die Straße bis zur nächsten Ecke. Nirgends waren sie zu sehen, auch beim Bäcker waren sie nicht. Entführt … verschleppt …

»Haben Sie meine Kinder gesehen?«, kreischte ich die Verkäuferin an. Sie schüttelte den Kopf.

»Polizei …!«, wimmerte ich halb ohnmächtig. Da öffnete sich die Tür, und Sanne, Samuel und Mäxchen kamen im Gänsemarsch an mir vorüber.

»20 Stücke Nougattorte und ein Blech Kirschstreusel!«, hörte ich sie bestellen bevor mir so schwindelig wurde, dass ich mich kurz setzen musste.

»Wir haben dich eben an uns vorbeirennen sehen, Mama«, sagte Sanne mit vorwurfsvoller Miene, und Samuel kicherte: »In Hausschuhen!«

»Brennt das Haus?«, fragte Mäxchen interessiert, und ich schluchzte laut auf vor lauter Glück.

Als wir wieder in die Wohnung kamen, stöberte sich die Schwiegermutter gerade durch meinen Schlafzimmerschrank.

»Bevor ich zu bügeln beginne, räume ich dir noch eben die Unterwäsche auf!«, informierte sie mich knapp und hielt mit skeptischem Blick einen rosa String-Tanga in die Luft. »Was ist denn das eigentlich?«, fragte sie, und ich wurde so rot wie der rote Spitzen-BH, den sie in der anderen Hand hielt.

»Wenn du nur einfach ein paar Hemden bügeln würdest!«, bat ich und fühlte mich plötzlich so müde.

Ich erhielt keine Antwort und ließ sie weiter im Schrank wühlen. Mit zitternden Knien setzte ich mich aufs Sofa, wo ich ein großes Stück Nougattorte verspeiste und gleich noch eins hinterher, um meine flatternden Nerven zu beruhigen. Dann war mir übel.

Als Robert am Abend nach Hause kam, hatte ich keine Lust mehr zu delegieren. Wenn Robert jetzt anfangen würde zu kochen, wäre ich eine Frau am Rande des Nervenzusammenbruchs.

Aber einen Kamillentee könnte er mir machen. Ich streckte mich auf dem Sofa aus. »Wo ist denn hier der Kamillentee?«, hörte ich ihn aus der Küche rufen. »Ich finde nur Kakao und Früchtetee!«

Also, ich finde: Weniger delegieren erspart einem manchmal jede Menge Arbeit, Stress und Magenbeschwerden …

35

Wenn kleine Kinder groß werden …

Ehrlich: Ist es nicht wunderbar, wenn die lieben Kleinen ganz langsam selbstständig werden? Doch leider ist es meist eine Mischung aus Hilflosigkeit und Größenwahn …

Und das kann Mütter an den Rand der Verzweiflung bringen. Mich jedenfalls!

»Nanane«, meckert Max erbost und meint »alleine«. Manchmal heißt es auch »Banane«, aber in diesem Augenblick wohl gerade nicht. Da sitzt er, wild entschlossen, morgens um halb neun. Hat noch seinen Schlafanzug an, dafür kein Frühstück im Bauch, und gedenkt, sich schon mal seine Straßenschuhe anzuziehen, wahrscheinlich damit es nachher schneller geht.

»Mäxchen«, sage ich mit milder Stimme. »Erst frühstücken, dann Zähne putzen, dann anziehen, okay?«

Sie ahnen die Antwort? »Nanane«, kreischt es schrill.

»Dann mach doch alleine«, gebe ich genervt zurück. Oder wollte er jetzt eine Banane zu sich nehmen?

Ich eile an den Frühstückstisch zurück, wo Samuel gerade sehr selbstständig ein Brot mit Marmelade bestreicht. Er nimmt allerdings sehr viel Marmelade. Aber nun gut. Ich werde ihn jetzt lassen. Kinder müssen ihre Erfahrungen machen. Man muss sie zu Eigenverantwortlichkeit erziehen.

»Klatsch«, macht im nächsten Moment ein Marmeladenbrot, das sich selbstständig gemacht hat und auf dem Fußboden gelandet ist. Die klebrige Seite selbstverständlich nach unten.

So langsam habe ich die Nase voll von all diesen eigenwilligen Freidenkern am frühen Morgen.

»Hups«, sagt Samuel und grinst. Der wird sich gleich wundern.

»Nun musst du es auch aufwischen«, sage ich streng und trinke einen Schluck Kaffee.

»Au ja!«, ruft er zu meinem großen Erstaunen und beginnt eifrig mit Schwamm, Küchenrolle und Schlafanzug-Ärmel, die Marmelade durch die ganze Küche zu schmieren.

»Ich mach das ganz alleine«, keucht er. »Ich bin schon groß!«

Jetzt weiß ich, warum meine Mutter mir immer kleine Brothäppchen zurechtgeschnitten hat, bis ich fast volljährig war. »Reiterchen« hießen die und passten genau in meinen Mund.

Während Samuel ein weiteres Brot mit Marmelade traktiert, kommt Max um die Ecke gehumpelt. Er hat die so genannten »Entenfüße«: Der linke Schuh steckt auf dem rechten Fuß und umgekehrt.

Aber er ist so stolz, dass er sich am Türrahmen festhalten muss. Ob sich die Schlafanzughose über die Straßenschuhe ziehen lässt?

»Toll«, lobe ich halbherzig. »Und nun aber los: Jetzt wird gefrühstückt, und dann geht es ab in den Kindergarten!«

Mit Blick auf seinen großen Bruder, der klebrig, aber glücklich auf der Bank sitzt und selbst geschmiertes Brot füttert, ruft Max begeistert: »Auch nanane!«

»Bitte nicht!«, flehe ich. Es ist inzwischen 9 Uhr. Vor einer halben Stunde hätten wir im Kindergarten eintreffen sollen.

»Doch«, sagt Max und schnappt sich Brot, Messer und Honigglas.

Ich gieße mir mehr Kaffee nach. Nun ist es auch egal. Sollen sie doch machen.

Ich werde sie nach dem Frühstück in die Wanne setzen müssen, mit ihnen dabei ringen und kämpfen, um selbst angezogene Schuhe wieder auszuziehen und Marmelade aus den Ohren zu kratzen.

Ach, es ist noch so früh am Morgen, und ich fühle meine Kräfte schwinden.

»Soll ich dir ein Brot machen?«, fragt Samuel freundlich.

»Nein danke«, rufe ich entsetzt. »Ich mach das lieber alleine.«

Max nickt voller Verständnis. »Mama nanane«, übersetzt er, und Honig tropft ihm vom Messer auf den Schoß und vom Schoß auf den Boden.

Ich schließe die Augen. »Seid ihr fertig?«, frage ich nach einer Weile.

Das sind sie wohl, denn sie sind nicht mehr da. Ich finde sie im Kinderzimmer, wo sie sich anziehen. Max ist gerade damit beschäftigt, sich eine Unterhose über den Schlafanzug zu ziehen, und Samuel versucht vergebens, seinen Kopf durch den Ärmel eines Pullovers zu schieben.

»Darf ich euch helfen?«, frage ich matt. Die Antwort lautet zweistimmig: »Nein!«

Vor meinen Augen schwimmen rote Lichter. Ich werde wahnsinnig!

»So!«, beschließe ich, Kinder müssen wohl Erfahrungen machen, Kinder brauchen aber auch Grenzen, und zwar sofort! Es ist 10 Uhr, und wenn es so weitergeht, bringe ich sie heute Abend in den Kindergarten. Ich schnappe mir Max, der sich windet und wehrt, als ginge es um sein Leben. »Nanane!«, kreischt er so verzweifelt, dass ich ihn wieder loslasse.

»Ich auch«, brüllt Samuel unter seinem Pullover hervor.

Was soll ich bloß tun?

Ich beschließe, die klebrige Küche aufzuräumen und in einer halben Stunde noch mal nachzusehen, wie weit diese selbstständigen Kinder gekommen sind. Wahrscheinlich werden sie dann dankbar für meine Hilfe sein. Als ich nach einer Weile wieder ins Zimmer komme, hat Samuel seinen Kopf tatsächlich durch den Ärmel gezwängt und Max die Unterhose über den Schlafanzug gezerrt. Das reicht ihnen wohl an Selbstständigkeit, denn sie sitzen einträchtig vor ihren Bilderbüchern und »lesen«.

»Wir warten schon die ganze Zeit auf dich!«, rügt mich Samuel. »Können wir jetzt gehen?«

»So?«, frage ich entsetzt. »Ihr seht ja furchtbar aus!«

»Dafür haben wir es alleine gemacht!«, flüstert Samuel ergriffen und schaut stolz auf seinen kleinen Bruder.

Mäxchen nickt heftig. »Nanane! Alles nanane!«

Alles alleine? Alles Banane? Das kommt in diesem Moment auf das Gleiche raus. Zumindest für mich …

36

Die Macht der guten Ausstrahlung

Neulich habe ich in einer Zeitschrift mal wieder etwas über die persönliche Ausstrahlung gelesen. »Leben Sie Ihr Leben wie ein Star!«, stand da. Ich habe die Nase gerümpft.

»Habe ich gar nicht nötig!«, habe ich gezischt. Und dann – dann habe ich mich gierig über den Artikel hergemacht.

So ein kleines bisschen mehr Star-Dasein im Alltag wäre doch gar nicht übel. Mit Grandezza über den Wochenmarkt schreiten, wie eine Königin in der U-Bahn sitzen, und alle Leute müssten einfach immer wieder zu mir rüberschauen, weil ich … tja … weil ich einfach das gewisse Etwas in allen Lebenslagen habe. Das würde mir gefallen.

»Erstens: Lassen Sie sich durch nichts aus der Ruhe bringen, und hören Sie auf, sich permanent zu rechtfertigen!«, las ich wissbegierig. Iiich? Ich rechtfertige mich eigentlich nie, oder nur wenn ich der Meinung bin, dass ich wirklich im Unrecht bin. Aber ich begann mich augenblicklich zu rechtfertigen und aus der Ruhe bringen zu lassen.

Ertappt!

Also gut, ab sofort würde ich nur noch wie ein buddhistischer Mönch lächeln. Das Leben ist zu kurz, um sich über Nachbarn und Schwiegermütter aufzuregen.

Bravo.

Die erste Lektion hatte ich also bereits postwendend umgesetzt. Es ist doch gar nicht so schwer, wie ein Star zu leben, wahrscheinlich hatte ich einfach eine natürliche Veranlagung.

»Zweitens: Fragen Sie eine gute Freundin nach Ihren guten

und nicht so guten Eigenschaften! So lernen Sie, sich selbst besser einzuschätzen.«

Frohen Mutes schwang ich mich ans Telefon, rief Marie an und stellte ihr besagte Frage.

»Du bist morgenmuffelig«, kam die Antwort wie aus der Pistole geschossen. »Und unpünktlich.« Sie überlegte, während mein Herz heftig klopfte. »Du bist meistens schlecht organisiert, du redest zu viel, du lügst manchmal, du ...«

»Jetzt ist es aber gut«, rief ich wütend in den Hörer. »Ich lüge nur, wenn ich mich nicht anders retten kann. Und überhaupt: Fällt dir vielleicht auch eine gute Eigenschaft ein?«

Marie schwieg.

»Hmm«, machte sie und überlegte. »Du bist furchtbar lieb und nett!«, kam es nach einer langen Weile. Einer sehr langen Weile.

So wurde ich also gesehen: eine muffelige, chaotische, geschwätzige Lügnerin, die nicht mehr als lieb und nett ist. Von Star-Ausstrahlung keine Rede.

Nachdem ich aufgelegt hatte, versuchte ich, mich nicht aus der Ruhe bringen zu lassen. Aber ein Lächeln brachte ich nicht mehr zustande.

»Drittens: Ziehen Sie sich hübsch an, und schminken Sie sich ein bisschen«, las ich weiter. »Eine Frau, die sich selbst attraktiv findet, wirkt auf andere selbstsicher und sympathisch!«

Traurig blickte ich an mir herab. Ich hatte heute meine Schlabberhosen an und das beulige T-Shirt vom vorletzten Jahr.

Fand ich mich selbst attraktiv? Ich wollte doch bloß schnell zum Bäcker und am Nachmittag mit den Kindern in den Park gehen, dachte ich und fragte mich sogleich erschrocken, ob ich wohl gerade dabei war, mich zu rechtfertigen.

Wie wirkt so ein Outfit auf meine Mitmenschen? Schlampig? Ungepflegt?

Keine Ahnung ... Ich seufzte schwer.

»Viertens: Halten Sie sich vor Augen, was Sie in der vergangenen Woche alles geleistet haben, und seien Sie stolz darauf!«

Also, ich war dreimal im Supermarkt, nein, viermal, weil ich die Einkaufsliste zu Hause liegen gelassen und die Hälfte aller Dinge vergessen hatte. (Ich bin wirklich schlecht organisiert.)

Was noch? Ich war auf dem Elternabend gewesen, habe 10 Gläser Marmelade gekocht, ein Buch gelesen, mit den Kindern gepuzzelt und die kranke Tante Resie besucht. Aber das sind doch keine Leistungen …

Unglücklich versank ich tief im Sofa. Ich habe diese Woche also gar nichts geleistet, weder den Friedensnobelpreis erhalten, geschweige denn einen Oscar.

Zu allem Überfluss schien Marie auch noch in all ihren Kritikpunkten Recht zu behalten: Ich hatte vor kurzem die Schwiegermutter angelogen und war zu spät zum Elternabend gekommen, auf dem ich dann zu viel geredet hatte.

Und morgens habe ich wirklich schlechte Laune. Das ist genetisch bedingt, dafür kann man nichts! Schon wieder gerechtfertigt! So eine blöde Zeitschrift.

Frustriert schniefte ich ins Sofakisssen. Von Ausstrahlung konnte keine Rede mehr sein.

In Zukunft würde ich nur noch Artikel lesen, die »Mut zum eigenen Schweinehund!« oder »Wer auch immer Sie sind: Bleiben Sie sich treu!« heißen.

Da klingelte das Telefon. Es war Marie, die fröhlich rief: »Mir sind noch mehr Eigenschaften eingefallen!«

»Ich will gar nichts mehr hören!«, wimmerte ich.

Aber Marie hatte schon angefangen: »Du bist hilfsbereit, und deine Schokokekse sind die leckersten auf der ganzen Welt. Du bist warmherzig, du bist – außer morgens – immer fröhlich und optimistisch, und wenn du lachst, ist es laut und ansteckend. Doch das Allerwichtigste …«, Marie senkte die Stimme und fuhr im Flüsterton fort: »Du bist meine beste Freundin!«

Da musste ich dann vor lauter Rührung ein bisschen weinen, denn eine schlechte Eigenschaft hat Marie vergessen: Ich habe sehr nah am Wasser gebaut.

37

Der Herbst kann so schön sein …

… doch letztes Wochenende war ich kurz davor, meinen Koffer zu packen und auszuwandern. Denn es regnete seit den frühen Morgenstunden. Und meine drei gelangweilten Kinder schlichen durchs Haus und wussten nichts mit sich anzufangen.

»Wir machen es uns richtig gemütlich!«, rief ich munter. »Es gibt doch nichts Herrlicheres als verregnete Wochenenden! Wir werden puzzeln und aus Kastanien kleine Tiere basteln, und am Nachmittag kochen wir uns einen leckeren Pudding!«

»Und morgen?«, muffelte Sanne.

»Ah«, machte ich, denn ich würde froh sein, wenn ich diesen Tag einigermaßen erfreulich herumgebracht hätte. »Mal sehen.«

»Wir wollen lieber auf den Spielplatz!«, rief Samuel und riss seinem kleinen Bruder Max einen roten Spielzeugbagger aus der Hand. Max brüllte, Samuel kreischte.

»Ruhe!«, rief ich. »Hört auf zu streiten und seid gemütlich!«

»Bagger wieder haben!«, schrie Max und prügelte auf Samuel ein, der sich unter dem Esstisch verbarrikadiert hatte.

Ein Blick auf die Uhr verriet mir, dass es erst kurz vor 10 Uhr war, ein weiterer (verzweifelter) Blick aus dem Fenster ließ mich aufseufzen: Der Regen wurde stärker.

»Wollen wir etwas basteln?«, fragte ich matt und setzte mich an den Küchentisch.

»Wenn du unbedingt willst«, lautete die Antwort meiner Tochter.

Die Söhne stritten sich lautstark im Wohnzimmer.
»Wir bohren hier kleine Löcher in die Kastanien und stecken Zahnstocher hinein«, erklärte ich Sanne geduldig und ignorierte das Wutgebrüll nebenan.
»Und dann?«, fragte Sanne.
»Dann ist es ein kleines Pferd«, antwortete ich milde und stellte mein erstes Kunstwerk auf den Tisch, ein wenig schief, wie ich gestehen muss, aber das ist eben künstlerische Freiheit.
»Das ist kein Pferd«, widersprach Sanne. »Das ist eine schrumpelige Kastanie, in der vier Zahnstocher stecken.«
»Sanne!«, sprach ich streng. »Wir stehen erst am Anfang eines verregneten Wochenendes. Meinst du nicht, wir sollten das Beste daraus machen?«
»Dürfen wir ferngucken?«, fragte Sanne hoffnungsvoll.
»Nein!«, rief ich wütend. »Wir könnten etwas puzzeln oder vorlesen. Das wäre doch wirklich ein gemütliches Herbstprogramm.«
Inzwischen waren die erhitzten Jungs hereingekommen, setzten sich auf die Küchenbank, um sich augenblicklich wieder zu balgen. »Kann jetzt mal Schluss sein?«, kreischte ich und haute energisch auf den Tisch. Mein Kastanien-Zahnstocher-Pferd brach lautlos zusammen, und das würde mir auch gleich passieren, denn Samuel und Max begannen, sich gegenseitig mit Kastanien zu bewerfen.
Kurz bevor Samuel seinem Bruder mit einem Zahnstocher das Augenlicht nehmen konnte, war mir klar, dass diese Kinder dringend an die frische Luft mussten.
»Anziehen!«, befahl ich. »Wir gehen raus!« Und das taten wir dann auch.
Im nächstgelegenen Park war es menschenleer. Ich seufzte. Unter nassem Laub lag verlassen der tropfende Spielplatz. Dieser Anblick hatte wirklich etwas Deprimierendes. Meine Kinder fanden das zum Glück nicht und galoppierten juchzend durch den Strippenregen auf die Kletterburg zu. Dann waren sie verschwunden, und ich stand unter meinem Regenschirm und lauschte dem Pladdern des Regens.
»Bei so einem Wetter würde man nicht einmal seinen Hund

rausschicken, was?«, fragte plötzlich eine Stimme neben mir, und als ich aufschaute, stand ich Schirm an Schirm mit einer weiteren wackeren Mutter, die dem Treiben ihrer bewegungssüchtigen Tochter auf einer klatschnassen Rutsche zuschaute.

Ich kicherte. »Nein, nur seine eigenen Kinder!«

Sie kicherte nett zurück.

»Ich wollte Tierchen aus Kastanien mit ihnen basteln«, erzählte ich ihr. »Aber sie hatten einfach keine Lust.«

»Und ich wollte Tierchen aus Pappmaschee mit meiner Tochter formen, aber ...«, die gute Frau schnaufte genervt, »sie hatte einfach keine Lust.«

Da standen wir nun am Sonnabendvormittag im pudelnassen Park und mussten unter unseren geblümten Schirmen ein bisschen lachen. Auch unsere Kinder hatten sich in der Zwischenzeit offensichtlich angefreundet, denn ein begeistert kreischendes kleines Mädchen wurde von meinen Söhnen gerade gekidnappt und im schlammigen Buddelsand zu Fall gebracht.

»Du kommst jetzt für immer ins Verlies!«, hörte ich Samuel brüllen.

Die Frau neben mir nieste dreimal.

»Sybille!«, rief sie dann. »Lass uns langsam nach Hause gehen. Mir ist kalt!«

Aber Sybille raste gerade mit roten Bäckchen an uns vorbei, auf dem Weg in die Freiheit, hinter ihr meine johlende Kinderschar.

»Sanne!«, rief nun auch ich, denn mir tropfte es seit einiger Zeit von hinten in den Mantelkragen. »Sam, Max, wir gehen!«

»Sieht nicht so aus«, seufzte die Frau, und dann reichte sie mir ihre kalte, klamme Hand. »Ich heiße übrigens Sabine.«

Als wir endlich unsere Kinder herangelockt hatten, rief Sanne vorwurfsvoll: »Sybille darf Figürchen aus Pappmaschee machen und wir nie!« Und Sybille meckerte ihrer Mutter entgegen: »Ich wollte schon immer mal Figürchen aus Kastanien basteln, aber nie machst du so was Schönes mit mir!«

Und dann? Dann hatten wir noch einen richtig gemütlichen Herbsttag. Wir gingen alle zusammen zu uns nach Hause, aßen selbst gemachte Pizza und bastelten unzählige schiefe Kastanientiere. Und am Nachmittag formten wir bei Sabine Pappmaschee-Figürchen und tranken Tee. Aber das Allerschönste an diesem verregneten Herbsttag war, dass ich eine neue Freundin gefunden hatte!

38

Ein echt gemütlicher Wintertag …

Sehen Sie dem Winter diesmal mit gemischten Gefühlen entgegen? Ich auch. Dabei habe ich mir vorgenommen, mich zu wappnen …

Wie? Indem ich mich mit allerlei Kuschelkram ausgestattet habe. Ich befinde mich sozusagen auf dem Kuschelkurs, und da kann mir auch der kürzeste Tag nichts anhaben.

An einem besonders trüben Nachmittag ist es so weit: Ich stelle mich dem Winter, der vor den Fenstern herumwütet und Schneeregen gegen die Scheiben sprüht.

Von mir aus soll er doch, denn ich entzünde jetzt drei rosafarbene Duftkerzen und ziehe meinen gemütlichen Hausanzug aus Fleece an, bevor ich mir in der Küche einen indischen Wohlfühltee koche. Was soll mir schon passieren?

Wenig später strecke ich mich behaglich auf dem Sofa aus und greife nach einem Buch.

»Mama«, höre ich das Stimmchen meiner Tochter. »Fährst du mich zum Ballett?«

Tochter? Ballett? Ist heute etwa Dienstag?

Vor den Fenstern feixt der dämmerige Winternachmittag. Ja, heute ist Dienstag, und ich werde jetzt sofort aufstehen und Sanne durch die halbe Stadt fahren müssen, denn Ballettstunden sind teuer.

Ich kletterte fluchend aus dem gemütlichen Hausanzug und trete wenig später auf die windige Straße. Eiskalte Regentropfen klatschen mir ins Gesicht, ein heulender Wind fährt mir in den Mantelkragen. Sanne und ich rennen zum Auto, fahren

Ballett

durch verstopfte Straßen, hören im Radio einen Bericht über die neue Grippewelle, die auf uns zukommt. Die Scheibenwischer quietschen, wir stehen im Stau. Es wird dunkel. Später muss ich noch die Jungs abholen, die auf einem Kindergeburtstag sind.

Nachdem ich Sanne abgeliefert habe, überlege ich kurz, wie ich diesem ungemütlichen Tag doch noch ein Schnippchen schlagen könnte. Wie wäre es mit einem Besuch in einem netten Café?

Das ist die Idee!

Ich werde mich an einen Fensterplatz in ein kleines Café setzen, die Lichter der vorüberfahrenden Autos beobachten und ihren Widerschein in den größer werdenden Pfützen. Ich werde Milchkaffee trinken oder eine heiße Schokolade mit Sahne und das Leben genießen.

Und vielleicht auch ein Stückchen Marzipantorte?

Aber zuerst einmal werde ich einen Parkplatz finden müssen. Ich kurve und kurve herum, und kurz bevor ich mit einem triumphierenden Aufschrei in eine eben frei gewordene Lücke steuere, fällt mir siedend heiß ein, dass ich zu Hause ja noch drei flackernde rosafarbene Duftkerzen stehen habe, die vielleicht gerade das Wohnzimmer in Brand gesetzt haben.

Panisch setze ich zurück und fahre so schnell es geht nach Hause, parke im Parkverbot, hetze durch dichter werdendes Schneegestöber, schließe atemlos die Haustür auf: Statt des erwarteten schwarzen Qualms, kommt mir ein leichter Rosenduft entgegen. Im Wohnzimmer stehen drei ausgepustete, rosafarbene Kerzen. Das muss wohl Sanne gemacht haben.

Kraftlos setze ich mich aufs Sofa, nippe am kalten Wohlfühltee und überlege, was ich jetzt anstellen könnte, bevor ich wieder los muss, um meine lieben Familienmitglieder einzusammeln. Der gemütliche Hausanzug liegt lieblos auf dem Fußboden.

Unglücklich sacke ich ins Sofakissen. So allmählich ist mir eher nach einem doppelten Cognac, denn kalter Wohlfühltee schmeckt nicht. Ich fröstele, bestimmt hat mich die Grippe erwischt.

Wie soll man es sich gemütlich machen, wenn man eigentlich

der Chauffeur der Familie ist? Ich habe jetzt eine knappe Stunde für mich! Was soll ich tun?

Ich raffe mich auf und koche mir einen neuen Wohlfühltee. Mehr fällt mir nicht ein. Ich stelle mich ans Fenster und sehe dicke Schneeflocken vorüberschweben.

Hübsch eigentlich. Wenn ich nicht gleich wieder raus müsste. Ich seufze und bemitleide mich ein wenig. Das tut auch mal gut. Dann trinke ich den Tee, ziehe den Mantel wieder an und mache mich auf den Weg, meine Kinder abzuholen.

Das Auto ist eingeschneit, ein Strafzettel für falsches Parken klemmt unter dem Scheibenwischer. Der Stau von vorhin hat sich nicht aufgelöst, und als ich die Jungs vom Kindergeburtstag holen will, haben sie sich hinter der Gardine versteckt, mit sieben anderen kleinen Jungs, die alle laut brüllen. Die Mutter des Geburtstagskindes hat dunkle Schatten unter den Augen und lächelt müde.

Ich sehe wahrscheinlich genauso aus und lächele müde zurück.

Nach langen Überredungsversuchen und Drohungen sitzen meine Jungs endlich angeschnallt im Auto, und weiter geht die Fahrt durchs verschneite Berlin.

Vor der Ballettschule steht Sanne und weint. »Wo wart ihr denn?«, schluchzt sie. »Ich warte schon so lange!«

An solchen Tagen hilft einem kein Wohlfühltee der Welt, und auch mein gemütlicher Hausanzug hat mir nicht viel gebracht.

Auf der Rückbank streiten die Jungs, und Sanne schnäuzt sich geräuschvoll die Nase. Vielleicht sollte ich meine drei rosa Duftkerzen und den indischen Wohlfühltee in einer Thermoskanne mit mir führen und es mir zwischendurch immer mal wieder gemütlich machen?

Bei dieser Vorstellung muss ich ein bisschen lachen.

»Was ist los?«, fragen die Kinder, und dann erzähle ich ihnen von meinem ungemütlichen Tag.

Wir lachen immer lauter und schließlich sagt Samuel: »Aber morgen, Mama, morgen machst du es dir so richtig gemütlich!«

»Ja«, antworte ich und parke vor der Haustür. »Ich werde es versuchen!«

39

Oh, du friedliche Weihnachtszeit

Ach, die ewigen Zimtsterne, Dominosteine und Spekulatius. Am liebsten wäre ich zur Weihnachts-Bäckerei mal wieder ganz weit weg …

»Mama, Plätzchen backen!«, lautete allerdings der eindeutige Befehl meiner Kinder, der mich unsanft aus meiner Traumwelt voller türkisblauer Wellen am Sandstrand riss. Ich seufzte. Herzchen wollten die Kinder backen und Sterne und Glücksschweinchen. Wenig später wurde ein enormer Klumpen Teig von sechs angeblich gewaschenen Händchen traktiert.

»Ich will alleine!«, schrie Samuel.

»Ich auch!«, brüllten die zwei anderen Kinder.

»Streitet nicht«, rief ich und hörte aus der Ferne das leise Schwappen türkisblauer Wellen, oder war es nur das Rauschen des vorgeheizten Backofens?

»Max futtert den ganzen Teig auf!«, rief Samuel und bekam dafür von Sanne einen Hieb mit dem Nudelholz.

»Petze!«, rief sie mit vollem Mund.

»Hört sofort auf, den rohen Teig zu essen!«, schimpfte ich.

»Genau!«, rief Samuel.

»Petze!«, schrie Max.

»So«, sagte ich, und wieder rauschte es in meinen Ohren. »Ihr backt jetzt ganz artig diese Plätzchen, sonst …«

»Sonst?«, fragte Sanne interessiert.

»Sonst … wird der Teig sauer!«, platzte ich heraus, weil mir einfach nichts Besseres einfiel.

Mit großen Augen starrten mich die Kinder an.

»Echt?«, fragte Samuel, und Sanne kicherte verunsichert.

»Natürlich!«, rief ich, denn mit so einer bahnbrechenden Reaktion hatte ich nicht gerechnet.

»Plätzchen, die in der Adventszeit gebacken werden, müssen von freundlichen, höflichen Kindern gebacken werden, sonst verbrennen sie im Ofen oder vertrocknen oder werden sauer!«

»Die Kinder?«, keuchte Samuel erschrocken.

»Nein, du Depp«, fauchte Sanne. »Die Plätzchen! Darum sind sie uns letztes Jahr auch alle zerbrochen, nicht wahr?«

Hm, letztes Jahr waren unsere Plätzchen ein Reinfall gewesen, weil ich kein Backpapier benutzt hatte, aber das müsste ich ja jetzt nicht zugeben.

»Sssschhhhh!«, machte ich deswegen bloß und zündete ein paar Kerzen an.

»Würdest du mir bitte mal das Nudelholz reichen?«, fragte Samuel seine Schwester, und seine Stimme klang wie Musik. »Aber gewiss doch!«, flötete Sanne.

»Mama!«, flüsterte Samuel andächtig. »Bei Kerzenschein bist du richtig hübsch!« Ich beschloss, das jetzt mal als Kompliment zu nehmen.

»Backe, backe Kuchen!«, sang Mäxchen leise, und dann stachen wir die Plätzchen aus, legten sie aufs mit Backpapier ausgelegte Blech, murmelten Freundlichkeiten und machten uns Komplimente.

»Würden die nettesten Brüder der Welt wohl so freundlich sein, mir eine Herzchenform zu geben?«, fragte Sanne lächelnd.

Und zwei rotwangige Brüder überschlugen sich fast, ihr diesen Wunsch zu erfüllen. »Ich will es ihr geben!«, meckerte Mäxchen leise, damit es der Teig nicht hören konnte.

»Du hast ihr eben schon die Sternchenform gegeben!«, zischte Samuel.

»Seid doch still!«, flüsterte Sanne. »Ihr verderbt noch die ganzen Plätzchen!«

Und sofort waren sich alle wieder einig. Gemeinsam schoben die Kinder das Backblech in den Ofen, saßen Händchen haltend eine Viertelstunde davor und beobachteten, wie die Plätzchen eine goldgelbe Färbung annahmen. Zufrieden dachte ich derweil darüber nach, wie sich mein neues Erziehungsprinzip auf weitere Lebenssituationen ausbauen lassen könnte.

Wie wäre es mit: Vor dem Zubettgehen wird nicht mehr rumgetobt, sonst vertreibt man die schönen Träume? Oder: Mit schwarzen Fingernägeln lässt sich das Glück nicht packen. Klingt doch fast wie eine chinesische Weisheit.

Schließlich war es so weit. Unser Backwerk verströmte einen köstlichen Duft und wurde aus dem Ofen geholt.

»Sind sie verbrannt?«, fragte Samuel, »Oder vertrocknet?«, wollte Sanne wissen. »Oder sauer?«, fragte Max.

»Aber nein!«, antwortete ich fröhlich. »Diese Plätzchen sind von so lieben, artigen Kindern gebacken worden, das sind die besten von Berlin geworden! Jetzt müssen wir sie nur noch dekorieren!«

Mit Zuckerperlen und buntem Guss, mit Schokoraspeln und Krokant begannen wir nun, unsere Plätzchen zu verschönern. »Samuel spritzt sich blauen Zuckerguss in den Mund!«, erboste sich Sanne plötzlich, und Samuel schoss ein paar Liebesperlen nach ihr.

»Was ist los?«, fragte ich irritiert. »Wollt ihr die Plätzchen verderben?«

»Wieso?«, fragte Sanne und entriss Max eine Rolle Smarties. »Die sind doch fertig. Oder gibt es zum Dekorieren auch noch eine Regel?«

Fieberhaft begann ich nachzudenken. »Natürlich gehört das Dekorieren zum Backen dazu!«, stammelte ich. »Sonst ergeht es uns wie beim Lebkuchenhaus vor zwei Jahren, könnt ihr euch erinnern? Da wurde der Zuckerguss nicht fest, und alle Perlen und Smarties rutschten wieder runter!«

»Weißt du, Mama …«, sagte Sanne und legte beide Arme um ihre Brüder. »Man soll seinen Kindern nicht zu viel Unsinn erzählen, sonst …!«

»Sonst was?«, fragte ich neugierig. Grinsend schob sie sich eine Hand voll Smarties in den Mund. »Sonst werden sie dumm!«

Meine Oma hat immer gesagt: »Man soll keine Grimassen schneiden, sonst bleibt einem das Gesicht stehen, wenn die Uhr gerade schlägt«, und ich kann Ihnen versichern, dass das ganz sicher nicht wahr ist, ich habe es nämlich ausprobiert. Allzu viel Unsinn sollte man seinen Kindern vielleicht doch nicht erzählen. Nicht einmal zu Weihnachten …

40

Wie kommen Babys in Mamas Bauch?

Mein Sohn Samuel ist 4. Ein nettes Alter – allerdings auch ein sehr wissbegieriges. Auf die Frage, wie die Babys gemacht werden, hatte ich eine diskrete, Kindernerven schonende Antwort parat …

Von Körnchen war die Rede gewesen, die in Mamis Bauch aufgehen, wie die hübschen, kleinen Kressesamen auf der Fensterbank. »Ja, genau wie ein kleines Pflänzchen entwickelt sich auch der Mensch«, hatte ich lächelnd gesagt und Samuel den Blondschopf zerwuschelt. »Und nun geh spielen!«

Kluge Kinder fragen viel und eindringlich, habe ich im Eltern-Heft gelesen. Mein Samuel wird bestimmt mal ein Dr. Dr. Superschlau, denn seine vielen Fragen sind nicht nur eindringlich, sondern auch laut und zu unmöglichen Gelegenheiten zu vernehmen.

Dass er sich auf die Babyfrage mit Kressepflänzchen abspeisen lassen würde, hätte mir verdächtig vorkommen müssen. Und genau drei Tage später folgte der (durchaus peinlichere) zweite Teil der Frage. Um 17 Uhr, in einer überfüllten U-Bahn, erschall es lautstark aus dem Mund meines Sohnes: »Du, und wie genau kommen die Babys in Mamas Bauch?«

Plötzlich war es sehr still im U-Bahn-Abteil. Ich sah einige Leute hinter ihrer Zeitung hervorschauen. Alle wollten es wissen: Wie genau kommen die Babys in Mamas Bauch?

»Das erkläre ich dir zu Hause!«, zischte ich, aber Samuel lief rot an vor Zorn und schrie: »Ich will aber jetzt wissen, wie die Babys in …!« Da hielt ich ihm den Mund zu. Er biss mich in

den Daumen und beendete kreischend seinen Satz: »… wie die Babys in Mamas Bauch kommen!«

»Erzählen Sie ihm was vom Storch!«, flüsterte eine alte Dame neben mir.

»Ich habe ihm schon was von Kressesamen erzählt!«, flüsterte ich zurück und rieb mir die schmerzende Hand. »Wenn ich so weitermache, muss er damit als erwachsener Mann zum Psychiater.«

Wie sollte ich jetzt noch einen Storch in die nebulöse Geschichte mit einbauen? Samuel würde mich dann sofort fragen, wie denn der Storch die Samen in Mamas Bauch bekommt. Da wäre es wohl besser, wenn gleich der leibliche Vater diesen Part übernimmt. Ich stellte mir kurz eine Liebesumarmung mit einem Storch vor und schüttelte mich vor Grausen.

»Also?«, fragte Samuel. Da hockte ich mich hin und flüsterte ihm die schreckliche Wahrheit ins Ohr. Betreten schaute er mich an.

»Ach!«, machte er peinlich berührt. Dass sich seine Eltern solchen Abartigkeiten hingeben könnten, erschütterte ihn sichtlich.

Die alte Dame machte schmale Lippen, als sie mir kurz vor dem Aussteigen zuraunte: »Damit muss er vielleicht auch bald zum Psychiater!«

Samuel starrte nachdenklich vor sich hin.

»Wir machen das eigentlich sehr selten«, versuchte ich den seelischen Schaden möglichst klein zu halten, und wieder grinste ein Geschäftsmann in seine Zeitung.

»Alle machen es!«, rief ich verzweifelt. »Die Häschen und Vögelchen und Madonna und Ralf Schumacher.«

Samuel sah mich entgeistert an. »Warum?« Jetzt waren wir vom »Wie« beim »Warum«. Das ist nicht unbedingt einfacher.

»Es ist natürlich!«, beendete ich meinen missglückten Aufklärungsversuch und wünschte, ich hätte ihm doch etwas von Störchen erzählt.

»Macht es Tante Ruth auch?«, fragte Samuel nachdenklich. Tante Ruth ist 89 Jahre alt und blind!

»Ich glaube, nicht mehr«, raunte ich und fragte mich kurz, ob es die altjüngferliche Tante je getan hat.

»Ich werde sie fragen«, entschied mein Sohn und blickte mich Gesicht.

»Nein!«, rief ich entsetzt. »Man tut es eigentlich nur, um Kinder zu bekommen, und dafür ist die Tante ja schon viel zu alt.«

Man sah Samuel die Erleichterung deutlich an, als er rief: »Dann brauchst du es ja nie wieder zu tun! Denn du hast ja schon drei Kinder!«

Jetzt lachte der Mann hinter der Zeitung laut auf.

»Genau«, sagte ich matt und setzte mich auf einen frei gewordenen Platz. »Und jetzt erzähl mir mal, wie es heute im Kindergarten war.«

»Thomas' Meerschweinchen kriegt Junge«, informierte mich Samuel mit wachen Augen.

Ich stöhnte auf. Nicht! Nicht noch mehr fragen. Haben Meerschweinchen Sex, weil sie sich vermehren wollen, oder weil sie Spaß dran haben? Würde er mich das gleich fragen?

»Mama?«, ging es auch schon los.

»Wir spielen jetzt ein Spiel«, rief ich und massierte mir die Schläfen, in denen ein genervter Kopfschmerz zu pulsieren begann. »Wir spielen, wer zuerst was sagt, hat verloren, okay?«

»Nö, doof«, widersprach Samuel. »Du, Mamaaaaa?«

»Ja?«, flüsterte ich.

»Darf ich ein Meerschweinbaby haben?«, lautete die Frage.

»Ja!«, rief ich vor lauter Erleichterung. »Ja, natürlich, mein Schatz!« Alles, was du willst, nur halt jetzt endlich den Mund.

»Fein«, freute sich Samuel und verstummte.

Doch als wir wenig später mit vielen anderen Menschen in einem Fahrstuhl standen, sagte Samuel: »Aber eigentlich brauche ich ja zwei Meerschweinchen, damit sie dann auch Sex haben können, nicht wahr, Mama?«

Und da stimmte ich in das laute Lachen all der uns umstehenden Leute mit ein und freute mich, dass mein Sohn mal ein so kluger Dr. Dr. Superschlau werden wird. Vielleicht ja sogar ein weltberühmter Meerschweinchenzüchter.

41

Grün und Weiß ist einfach heiß

Haben Sie auch eine Einkaufs-Beraterin? Ich hatte letzte Woche eine. Aber wenn Sie glauben, dass sie die Sache einfacher gemacht hat, dann täuschen Sie sich …

Es war nämlich meine Tochter Sanne, die mich ins Kaufhaus begleitete. Ich brauchte dringend eine rote Bluse für eine Einladung am selben Abend und war der Meinung, dass ich eigentlich nur an den nächsten Kleiderständer eilen müsste, irgendeine rote Bluse hervorholen, bezahlen und nach Hause fahren würde. So hatte ich mir das vorgestellt, aber lesen Sie selbst:

»Mama. Warum brauchst du eine rote Bluse?«, fragte Sanne, als ich bereits eine vom Kleiderständer geholt und zufrieden auf dem Weg zur Kasse war.

»Für mein graues Kostüm, Schätzchen«, antwortete ich.

»Rot und Grau schmückt die Sau«, sagte meine Tochter und blieb stehen.

Nun blieb ich auch stehen. »Aber nein!«, rief ich. »Es heißt Rot und Blau schmückt die Sau.«

»Wieso eigentlich?«, wollte sie wissen. »Ich finde Rot und Blau passt viel besser zusammen als Rot und Grau!«

»Sanne!«, rief ich ungeduldig. »Ich möchte aber eine rote Bluse zu meinem grauen Kostüm!«

»Warum?«, fragte sie.

»Weil dieses herrliche Kirschrot das dezente Schiefergrau auffrischt«, antwortete ich und eilte zur Kasse.

Kurz bevor ich dort ankam, hatte sie mich eingeholt.

»Mama!«, rief sie außer Atem. »Da drüben gibt es ganz tolle grüne Minikleider, damit würdest du aussehen wie Shakira.«

Ich sah die Kassiererin schmunzeln.

»Ich werde nie aussehen wie Shakira«, stöhnte ich. »Auch nicht in diesem geschmacklosen Fransenkleid.«

»Wieso ziehst du dich immer so spießig an?«, fragte meine vorlaute Tochter.

»Waaaas?« Nun war ich aber doch empört. »Ich und spießig?«

Versöhnlich hakte sich Sanne bei mir unter und zog mich zu den grünen Shakira-Kleidern rüber.

»Sieh doch nur«, flüsterte sie mit hypnotischer Stimme. »Was für ein originelles, cooles Kleid.«

Ich räusperte mich. »Liebe Sanne«, sagte ich dann deutlich. »Lieber spießig als völlig daneben.«

Während Sanne verträumt grüne Fransen durch ihre Hände gleiten ließ, begann es in meinem Kopf zu rotieren. Spießig? Spießig! Hm, graues Kostüm klingt wirklich eher nach Gouvernante oder Verkaufsberaterin für Särge ...

Aber mit so einem lebensbejahenden Rot dazu wäre das doch etwas ganz anderes, oder?

Oder würde ich dann aussehen wie eine Sargverkäuferin, die sich vorgenommen hat, nicht auszusehen wie eine Sargverkäuferin? Ich seufzte.

Sanne hatte mich von unten beobachtet. »Nur mal anprobieren«, flehte sie.

»Grün steht mir nicht«, flehte ich zurück.

Wie ein Krokodil hatte meine Tochter den Augenblick der Schwäche seines Opfers gewittert und mir blitzschnell ein grünes Shakira-Kleid in der richtigen Konfektionsgröße in die Hand gedrückt. »Los!«, rief sie, ihre Augen blitzten. Widerstrebend schälte ich mich in der engen, von Sanne bewachten Umkleidekabine, aus den zahlreichen Winterklamotten, häufte Mantel, Schal, Pullover, Hose auf einen Hocker und stand kurz darauf in Fransenkleid und Wollsocken vor dem Spiegel. Von oben glimmerte eine fahle Neonröhre und warf unvorteilhaftes Licht auf mich, ließ unerbittlich Tränensäcke unter meinen Augen anschwellen und Orangenhaut auf meinen Oberschenkeln sichtbar werden. Nicht, dass Sie jetzt glauben, ich hätte so viel Orangenhaut, das sah bei dieser Beleuchtung nur so aus. Da wellte es sich sogar unter meinem Po.

»Toll!«, kreischte Sanne und riss den Vorhang beiseite.

»Mach zu!«, schrie ich panisch. Wer weiß, wer vorbeikommen könnte? Der Chef meines Mannes? Oder meine Nachbarin, mit der ich mich zerstritten habe, oder Shakira höchstpersönlich?

»So ein herrliches Saphirgrün«, begeisterte sich Sanne.

»Saphire sind blau«, verbesserte ich genervt und zerrte am Vorhang. »Und dies hier ist ein ganz schlammiges, niederträchtiges Krokodilgrün, was mir nicht steht!«

Da drückte Sanne wie auf Knopfdruck einige Krokodilstränen hervor.

»Immer muss ich anziehen, was du mir rauslegst, sogar den kratzigen Pullover von Tante Berta und nie …«, sie holte wimmernd Luft, »… niemals darf ich dir was zum Anziehen aussuchen!«

Ich steckte meinen Kopf durch den Vorhang und wollte sagen: »Das ist etwas ganz anderes!«, aber ich wusste, dass es nichts bringen würde. Stattdessen schnaufte ich: »Also gut, geh und such mir was aus, aber nicht zu kurz und kein Grün und ohne Fransen! Okay?«

Sanne strahlte. »Und nichts, was Britney Spears auch anziehen würde«, rief ich ihr noch hinterher.

Ich zog den grünen Fransenfummel aus und betrachtete trübsinnig die tiefen Furchen, die sich um meine Augen zogen. Dann war Sanne wieder da: »Hier!«, rief sie und hielt mir einen knallengen, dunkelgrünen Glitzerrolli unter die Nase.

»Aber …«, wollte ich widersprechen, doch dann hielt ich meinen Mund und zog das gute Stück an. Es war zwar grün, aber eher tannengrün – und wissen Sie was? Das steht mir! Und so ein klein wenig Glitzer ist auch nicht übel. Und ein bisschen sexy darf es auch mal sein. Ich küsste meine kleine Einkaufsberaterin, zog am Abend einen weißen, schmalen Rock an, den neuen Pulli und hohe Schuhe – und von spießig war keine Rede mehr.

»Grün und Weiß ist einfach heiß«, dichtete Sanne zufrieden, und da hatte sie mal wieder Recht.

42

Mit Kindern im Restaurant ...

Gehen Sie gern ins Restaurant? Dann können Sie nur hoffen, dass Sie niemals auf uns, die große Familie Wekwerth, stoßen ...

Neulich war ich der Meinung, wir könnten es nach Jahren mal wieder wagen, ein Restaurant aufzusuchen. Und zwar wir alle: der liebste Ehemann Robert, Sanne, Samuel, Mäxchen und meine Wenigkeit.

Als wir das letzte Mal gemeinsam im Restaurant waren, war Mäxchen wenige Wochen alt und wollte die ganze Zeit gestillt werden. Und während er mir am Busen hing, zerschnippelte ich Fleischstückchen auf Samuels Teller und schickte Robert los, unsere damals 6-jährige Tochter zu suchen, die sich von uns verabschiedet hatte mit den Worten: »Ich werde mal in der Küche nach dem Rechten sehen!« Was sie wohl auch getan hat, denn Robert fand sie fachsimpelnd mit dem Chefkoch wieder, der sie Gemüse klein schneiden ließ.

Dann spuckte mir Mäxchen einen großen Schwall Milch in die immer noch offene Bluse, dem Opa am Nachbartisch gingen fast die Augen über, und Samuel hatte auf einmal die Windeln voll. So war das damals gewesen, und ich hatte geschworen, erst wieder mit meinen Kindern ins Restaurant zu gehen, wenn sie volljährig sind.

Manche Schwüre darf man schon mal brechen, denn meine lieben Kleinen sind inzwischen windelfrei, sie können sich artikulieren, und gestillt wird auch keiner mehr! Das sind doch beste Voraussetzungen für einen gemeinsamen Restaurantbesuch am Sonntagmittag.

Ich habe ihnen natürlich vorher eingeschärft: »Keiner rennt

la casa mia

rum, keiner knatscht, und keiner stänkert! Haben wir uns verstanden?«

Drei artige Köpfe nicken, und dann betreten wir feierlich das Restaurant. Hinter mir schweben drei artige Engelchen. Sind das meine Kinder? Ich berste fast vor Stolz, als wir an einem Tisch vorbeikommen, an dem ein Dreijähriger gerade seine Trotzphase durchlebt und darauf besteht, sich Grissini-Stangen in die Nase zu stecken. Tja, meine Kinder sind wohlerzogen, meine Kinder wissen sich in Restaurants zu verhalten. Wir nehmen Platz.

Nur sehr kurz gibt es Gerangel, wer neben dem munter plätschernden Zimmerbrunnen sitzen darf. Ein böser Blick meinerseits, und alles sitzt. Ein netter italienischer Kellner bringt uns die Speisekarten. Auch Mäxchen bekommt eine. Er hält sie verkehrt herum und starrt konzentriert hinein. Gerührt beobachte ich ihn. Mein Nesthäckchen! Eben noch ein neugeborenes Stillkind, jetzt schon so ein großer Junge. Lächelnd studiere ich meine Karte. Was soll ich essen? Einen leckeren Salat nach Art des Hauses oder …

»Ich will Pizza!«, kreischt Samuel.

»Pssst!«, mache ich. »Das heißt: Ich möchte Pizza.«

»Ach, du auch?«, fragt Sanne.

»Nein, ich möchte Salat und ein paar Nudeln mit Meeresfrüchten«, antworte ich.

»Iiiiiihhhhhgiiiiitt!«, kreischt Sanne, und eine Dame drei Tische weiter dreht sich zu uns um. Es ist die Mutter von dem Trotzkopf. Na, die hat es gerade nötig, so zu gucken!

»Leise!«, zische ich Sanne an. »Und kein Essen ist iiiiih, jeder kann essen, was er mag.«

»Ja?«, fragt Mäxchen glücklich. »Dann möchte ich Schokopudding mit Gummibärchen.« Ich seufze. Robert übernimmt das väterliche Wort und erzählt den Kindern was von gesunder Ernährung, von Vitaminen und Kalzium. Als er geendet hat, sagt Max: »Gut. Dann nehme ich Vanillepudding mit Smarties.«

Jetzt holt Sanne tief Luft: »Ich nehme Pizza mit Käse, ohne Tomaten, mit Salami, ohne Peperoni, mit Champignons, ohne Zwiebeln.«

»Möchtest du irgendetwas auf einem Extrateller?«, frage ich scherzhaft.

»Gerne.« Sanne ist begeistert. »Ich hätte gerne 15 grüne Oliven auf einem Extrateller. Oder lieber schwarze, aber ohne Stein und ohne Füllung.«

Robert sieht mich an. »Sie wird dir immer ähnlicher«, sagt er mit ernstem Gesicht.

Ich ziehe es vor, darauf nicht zu antworten.

»Was möchtest du essen, Samuel?«, frage ich.

»Ich nehme auch Vanillepudding mit Smarties, wie Max«, antwortet er brav.

Wieder beginnt Robert zu erklären.

»Es gibt Pizza oder Nudeln«, falle ich ihm unhöflich ins Wort.

»Mama, ich muss mal«, sagt Sanne, und auch meine Blase reagiert nervös auf das gleichmäßige Geplätscher des Zimmerbrunnens. »Dann geh, aber verlier dich nicht wieder in der Küche«, mahne ich sie, und schon ist sie verschwunden.

Der Kellner erscheint und will unsere Bestellung aufnehmen. Der Gute weiß noch nicht, was ihm gleich blüht. »Wie war das jetzt mit Sannes Pizza?«, fragt mich Robert irritiert. »Ohne Käse, mit Tomaten?«

»Dreimal Kinderpizza«, bestelle ich ganz unsensibel und hindere Max daran, seine Papierserviette in den Brunnen zu schmeißen. Robert bestellt tapfer weiter, und schließlich verlässt uns der gestresste Kellner mit voll geschriebenem Notizblock. Sanne bleibt verschwunden. Samuel wirft sein Glas Fanta um. Max befreundet sich mit dem Trotzphasenkind drei Tische weiter, und beide spucken Olivensteine in den Springbrunnen.

»Ich wollte doch Oliven ohne Stein!«, ruft Sanne, als sie endlich wieder auftaucht, den Pullover voller Mehl und Tomatensoße.

Wissen Sie, Schwüre darf man nicht brechen. Hiermit schwöre ich auf ein Neues: Ich gehe erst wieder mit meinen Kindern ins Restaurant, wenn sie volljährig sind. Und sollte ich diesen Schwur doch wieder brechen, dann habe ich wenigstens etwas, worüber ich schreiben kann.

43

Ohne Kaffee geht gar nichts

Was würden Sie auf eine einsame Insel mitnehmen? Bücher? Lieber ein Telefon? Oder Ihren Dackel Waldi? Ich würde eine Thermoskanne Kaffee mitnehmen.

Nichts weiter. Und wie ich zu dieser außerordentlichen Erkenntnis gekommen bin, erzähle ich Ihnen jetzt:

In einer Zeitschrift las ich, dass Kaffeetrinken den Cholesterinspiegel erhöhen und Migräne auslösen kann. Dass das Herz davon auch nicht begeistert ist und wir Frauen in späteren Jahren an Osteoporose erkranken können. Natürlich nur bei überhöhtem Kaffeegenuss! Sind schätzungsweise 10 Tassen Kaffee am Tag schon ein überhöhter Genuss? Um in Ruhe darüber nachzudenken, brühte ich mir erst einmal einen richtig schön starken Kaffee …

Ich las weiter: 300 Wirkstoffe enthält der Kaffee, und nur einer davon, das Vitamin Niacin, besitzt einen Nährwert. »Alles Lüge!«, dachte ich empört, aber dann ist mir doch ein wenig mulmig geworden, und ich habe mir vorgenommen, keinen Kaffee mehr zu trinken.

Der nächste Morgen war eine harte Prüfung. Meistens bringt mir Robert, der liebste Ehemann, ein dampfendes, duftendes Tässchen ans Bett, bevor ich überhaupt meine Augen öffne. Inzwischen weiß ich, dass sich meine Augen ohne eine Dosis Koffein am frühen Morgen gar nicht öffnen lassen. »Robert!«, rief ich panisch unter der Bettdecke hervor, nachdem er mir eine Tasse Kamillentee gebracht hatte. »Robert, ich kann nicht mehr sehen!«

Angstvoll standen meine Kinder um das Bett herum, ich hörte sie atmen.

»Du musst die Augen aufmachen«, riet mir Sanne.

Ich versuchte es, aber es war unmöglich.

»Mama ist blind«, freute sich Samuel. »Kriegen wir jetzt so einen großen Schäferhund, der Mama immer über die Straße bringt?«

»Mama soll sich mal nicht so anstellen«, sagte Robert gefühlskalt.

Gequält öffnete ich ein Lid. Unscharf sah ich meine Familie, dann wurde mir schwindelig, und mein Kreislauf brach zusammen. Ich ließ mich zurück ins Bett fallen.

»Meine Beine tragen mich nicht!«, wimmerte ich. »Ich brauche eine Tasse Kaffee.«

»Dann steh auf und mach dir eine«, rief meine Ehemann, der doch sonst so fürsorglich ist, und die Haustür klappte zu. War der jetzt einfach gegangen und hatte mich hier leidend zurückgelassen? Für wie charakterschwach hielt er mich überhaupt? Ich hatte krank machenden Kaffee aus meinem Leben gestrichen und Schluss! Ich stehe zu meinen Entscheidungen.

Skeptisch äugte ich in die Tasse auf meinem Nachttisch. Tee! Kamillentee! Puh.

Stöhnend wankte ich in die Küche, um den Kindern ihr Frühstück zu machen. Dabei geriet mir zufällig Roberts Kaffeetasse in die Hände. Ein Schlückchen war noch drin. Ich schnupperte daran und hätte fast geweint, so schön war das.

»Ich denke, du trinkst keinen Kaffee mehr?«, rief Sanne und beobachtete mich scharf.

»Tu ich auch nicht!«, rief ich hastig und kippte den Rest ins Waschbecken. Als die herrlich rehbraune Flüssigkeit in den Ausguss rann, musste ich fast schon wieder weinen. Dann nahm ich einen Schluck Kamillentee, denn der beruhigt Magen und Nerven. Hat allerdings auch eine schlaffördernde Wirkung, wie ich wenig später feststellte. Während ich Haferflocken in Teller schüttete, beschlich mich eine übernatürliche Müdigkeit. Das Lärmen der Kinder klang wie durch Watte, ich musste herzhaft gähnen, um meinem verschlafenen Gehirn ein wenig Sauerstoff zu bescheren.

»Maaammaaaa!«, schrillte es an meinem Ohr.

Ich fuhr in die Höhe.

»Du musst dich jetzt anziehen und uns bringen!«, erklärte mir Sanne geduldig.

»Ja, ja!«, murmelte ich und zog mich am Tischrand in die Höhe. »Kaffee!«, schrien meine Glieder. »Nichts da!«, antwortete mein eiserner Wille. Ein unsympathischer Kerl. Ich rieb mir die Augen, schickte die Kinder zum Zähneputzen ins Bad und durchforstete den Küchenschrank. Brennnesseltee? Ach nee! Den musste meine verdauungsgestörte Schwiegermutter hier vergessen haben.

Was gab es noch? Holunderblütentee. Hilft bei Nasennebenhöhlenerkrankungen. Habe ich nicht. Frustriert ließ ich die Schranktür zufallen, trank ein Glas warmes Leitungswasser und fiel in einen depressiven Zustand. Nachdem ich die Kinder in der Schule und im Kindergarten abgeliefert und mich auf dem Weg zweimal verfahren hatte, betrat ich einen Supermarkt, um mich auf die Suche nach Kaffee-Ersatz zu machen.

Zichorie, Gerste, Malz, riet mir die freundliche Verkäuferin, deren Augen wach und energiegeladen blitzten, weil sie ganz sicher zum Frühstück zwei große Tassen Kaffee genossen hatte.

Da ist es leicht, anderen Malzkaffee aufzuschwatzen.

Ich merkte, wie eine außerordentlich schlechte Laune mich überfiel. Mit hängenden Schultern schleppte ich mich zurück auf die Straße und kam rein zufällig an einer Kaffeerösterei vorbei, aus der es paradiesisch duftete. Da trugen mich meine Beine ungefragt hinein, mein Mund bestellte eine Tasse frisch gemahlenen, eben gebrühten, brasilianischen Kaffee, mit der ich mich hinsetzte und dankbar hineinstarrte.

Der eiserne Wille muckte noch einmal auf. »Du bist schwach!«, murmelte er, aber ich erklärte ihm, dass man seine Tage nicht so beginnen dürfe wie diesen, und ich versprach, nicht mehr so viel Kaffee zu trinken, nur zwei bis drei Tassen am Tag.

Und dann? Dann nahm ich meinen ersten Schluck Kaffee an diesem Morgen, und es war das Beste, was mir seit langem passiert war.

44

Wenn der Absatz »knacks« macht …

Es gibt so Momente im Leben, da verschieben sich die Dringlichkeiten. In der Wüste erscheint ein Glas Wasser wichtiger als die ersehnte Nachricht vom 6er im Lotto …

Selbst an Leonardo di Caprio würde ich in gewissen Lebenslagen einfach vorbeirennen, wenn hinter ihm ein Toilettenhäuschen stünde.

Neulich hatte ich allerdings ein ganz anderes Problem. Denn nichts erschien mir von größerer Bedeutsamkeit als ein Schuhgeschäft. Und das kam so:

Ich war mit meinen Kindern unterwegs in der Stadt, wir spazierten durchs Kaufhaus, und tütenbeladen waren wir nun auf dem Heimweg. Da machte es auf einmal »knacks« und mir brach ein (zugegebenermaßen recht hoher!) Absatz ab.

Die Kinder lachten. Ich auch, aber nicht lange. Denn stehen kann man ganz prima auf einem langen und einem kurzen Bein, aber laufen nicht. Es begann zu nieseln, die ersten Straßenlaternen gingen an, und wir hatten noch einen weiten Weg vor uns.

»Also los«, rief Sanne.

»Halt!«, keuchte ich und schleppte mich hinkend voran. »Ich kann nicht so schnell.«

Von der wilden Auf- und Abschaukelei purzelten einige Tomaten aus der Einkaufstüte. Die Kinder lachten. Ich nicht.

»Wir nehmen jetzt ein Taxi«, befahl ich, humpelte an den Straßenrand und wartete.

Es kamen viele Autos vorbei, aber kein Taxi. Auch kein Bus fuhr in die richtige Richtung. »Mama, wenn du dir genug Autos angeguckt hast, sag Bescheid!«, sprach mich Samuel freundlich von unten an. »Ich möchte gerne nach Hause.«

»Ach nee!«, herrschte ich ihn an und sammelte die Einkaufstüten ein.

Und dann kämpfte ich mich einige Meter voran. Auf, ab, auf, ab. Im Licht der Straßenlaternen sah ich meinen Schatten aberwitzig auf- und niederspringen.

Hinter mir kicherten schon wieder die Kinder.

»Piratenmutter«, hörte ich sie flüstern. Also beschloss ich, auf Zehenspitzen zu gehen. Aber das ging auch nicht lange gut, denn ich bekam einen Krampf im Fuß und musste mich kurz auf eine Bank setzen.

»Wenn ihr ein Schuhgeschäft seht, dann sagt mir gleich Bescheid«, jammerte ich.

»Da ist eins«, schrie Samuel plötzlich und zeigte mit dem Finger in die Ferne.

»Wo?«, kreischte ich erleichtert. Die Folter hätte gleich ein Ende. Ich würde mir ein Paar neue Schuhe kaufen, mit flachem Absatz, ich würde sogar in Badelatschen oder Hausschuhen nach Hause schlurfen, mir war alles egal.

»Wo denn?«, rief ich mit klopfendem Herzen.

»Reingelegt«, grinste Samuel. »Da ist doch nur ein Bäcker.«

Ich überlegte kurz, ob ich mir zwei Brote aushöhlen und sie als Schuhe benutzen könnte, aber diese Idee verwarf ich schnell wieder. Weiter ging es durch den Nieselregen. An der Stelle, wo der Absatz abgebrochen war, drang Feuchtigkeit in den Schuh.

Wir kamen an einem Gemüsegeschäft vorbei, vielleicht könnte ich dem Verkäufer seine Schuhe abkaufen? Aber er sah nicht so aus.

Plötzlich tauchte eine Boutique vor uns auf, und alle Kinder, Einkaufstüten und sämtliche Taschen quollen in das enge Geschäft. Die Dame, die uns entgegentrat, sah ein wenig erschrocken aus.

»Schuhe«, keuchte ich. »Ich brauche ein Paar Schuhe.«

»Wir führen keine Schuhe«, sprach die Dame und blickte zur Tür.

»Das kann nicht sein«, widersprach ich verzweifelt. »Irgendwas, bitte. Bitte!!!«

Während die Jungs in den Umkleidekabinen Verstecken spielten und Sanne sich seidene Tücher um den Kopf band, holte die Verkäuferin einen verstaubten Schuhkarton hervor. Vor Glück hielt ich die Luft an.

Doch als ich sah, was sie aus dem Karton zog, entwich diese Luft lautstark meinen Lungen. Goldene Riemensandalen in Schuhgröße 35, höchstens 36.

»Für die grazile Dame«, flötete die Verkäuferin.

»Geben Sie her«, rief ich wild entschlossen und versuchte, meinen Fuß (Größe 40) in diesen albernen Puppenschuh zu pressen.

»Wem dieser Schuh passt, der wird meine Frau und Königin dieses Landes«, sprach Sanne und kniete vor mir nieder.

»Sie machen die Sandalen ja kaputt«, meckerte die Verkäuferin. Denn mehr als meine Zehen bekam ich in das edle Schuhwerk nicht hinein.

Wenig später stand ich wieder im Nieselregen. Die Tüten an der Hand, den ramponierten Schuh am Fuß, die kichernden Kinder um mich herum.

»Würdet Ihr jetzt endlich aufhören, so blöd zu lachen«, schrie ich verzweifelt.

»Wie Mama ihren dicken Fuß in den Prinzessinnenschuh quetschen wollte«, hörte ich Samuel flüstern, und Max, der sich bis jetzt noch gar nicht geäußert hatte, wiederholte: »Dicker Fuß!«

Wütend stampfte ich mit meinem dicken Fuß auf. Es war der Fuß, der noch in dem heilen Schuh steckte, und dann machte es »knacks« – und auch dieser Absatz war abgebrochen. Mir war, als rutschte ich eine Etage tiefer.

Die Kinder schrien vor Lachen, und nachdem ich gesehen hatte, wie meine Schuhspitzen fragend in die Höhe zeigten, musste ich auch lachen.

»Mama sieht aus wie Daisy Duck«, prustete Sanne.

Wie eine flügellahme Ente mit ihren schnatternden Küken bin ich an diesem Abend nach Hause gewatschelt. Und wenn mir mal wieder ein Absatz abbricht – dann weiß ich jetzt gleich, was zu tun ist.

45

Bloß nicht mit Söhnen Auto fahren

Mit Kindern im Auto irgendwohin zu fahren ist an sich ein anstrengendes Unterfangen. Aber mit zwei kleinen, autoversessenen Beifahrern durch Berlins Straßen zu kurven ist noch mal was ganz anderes …

Samuel und Max setzen ernste Mienen auf, als wir uns unserem Auto nähern. Wir fahren übrigens eine recht bescheidene Familienkutsche, die meistens voller Krümel und Bonbonpapier ist. Auf dem Rücksitz stapeln sich Bilderbücher und Matchbox-Autos, damit während der Fahrt nur ja alle beschäftigt sind.

»Mama«, sagt Sam mit vorwurfsvollem Blick. »Du hast ganz schief geparkt.«

Betroffen stehen meine Söhne vor den verdrehten Vorderreifen.

»Wie sieht das denn aus?«, kritisiert der Kleine. »Fast auf der Linie drauf«, meckert Samuel. »Das war Papa«, rufe ich leichtfertig. »Steigt jetzt ein!«

»Das nächste Mal lenkst du ordentlich zurück«, wird mir geraten.

»Sag das deinem Vater«, meckere ich und versuche, Samuel den Gurt zu entreißen. Er will sich selbst anschnallen, das dauert nur leider eine Viertelstunde, und ich habe es eilig.

Lautstarker Protest erreicht mein Ohr, ich rangele mit meinem Sohn, da macht es »klick«, und er hat es tatsächlich geschafft. »Siehste«, schmollt er beleidigt. »Ich kann das.«

Wo ist jetzt Max? Der ist wieder ausgestiegen, um noch mal

betroffen vor dem schief geparkten Auto zu stehen und missbilligend den Kopf zu schütteln. »Also wirklich«, höre ich ihn schnaufen. »Rein mit dir«, schimpfe ich. Den Rest der Handlung können Sie erahnen: einsteigen, Kampf um Gurt, Gekreisch, sich winden. Mit zusammengebissenen Zähnen stehe ich im Nieselregen und warte eine Ewigkeit, bis mein kleiner Sohn sich angeschnallt hat.

»Soll ich dir helfen?«, fragt mich Samuel nach einer Weile freundlich und schnallt sich wieder ab. Es vergehen weitere Minuten, die Söhne fachsimpeln dabei ein wenig über Automarken (»Rote Mercedesse sind schneller als silbergraue Mercedesse!«).

Schließlich sind wir abfahrbereit. Hat ja auch nur eine halbe Stunde gedauert. Doch kaum habe ich einen Zentimeter nach hinten gesetzt, kreischt Samuel wie ein herzkranker Fahrschullehrer: »Blinken, blinken!«

»Hier ist doch kein Mensch«, verteidige ich meine Fahrkünste.

»Man muss immer blinken!«, werde ich belehrt und bin wohl soeben durch die Prüfung gefallen. Die Söhne blicken verzweifelt aus ihrem jeweiligen Fenster.

»Soll ich Benjamin Blümchen anmachen?«, frage ich hoffnungsvoll.

»Nein«, wird entschieden. »Dann können wir uns nicht konzentrieren!«

Jetzt werde ich doch so langsam nervös. Im Schritttempo fahre ich ordnungsgemäß über den menschenleeren Parkplatz auf die Straße zu, blinke, bremse, halte gewissenhaft Ausschau nach Radfahrern, Fußgängern.

»Wieso fährst du so lahm?«, kommentiert einer der Söhne, der andere gähnt.

Jetzt schalte ich doch Benjamin Blümchen ein. Dann fühle ich mich nicht mehr so beobachtet.

»Tööörööö!«, singe ich, um mir über meine Nervosität hinwegzuhelfen.

»Diese Ampel wird gleich rot«, informiert mich Samuel, also drücke ich noch mal aufs Gaspedal und komme bei orange über die Kreuzung.

»Boooah!«, entrüstet man sich auf der Hinterbank. »Das ist verboten! Da kommt schon ein Polizeiwagen.«

»Wo?«, rufe ich entsetzt und fahre ein wenig schneller.

»Reingefallen«, kichert Max. Ich schwitze. Benjamin erlebt gerade ein großes Abenteuer auf einer Großbaustelle.

»Hört doch mal zu«, rate ich den Kindern, aber sie ereifern sich gerade über ihre Mutter, die soeben von einem Smart überholt wird.

»Wir werden überholt«, spricht Mäxchen mit Grabesstimme. Es ist eine Familienschande.

»Und dann noch ein Smart«, schluchzt Samuel. »Wenn es wenigstens ein Ferrari gewesen wäre.« Bei der Vorstellung von Schumi in Berlins Straßen muss ich grinsen.

»Das ist nicht komisch«, werde ich gerügt, und ich gucke ernst in den Seitenspiegel. »Nun fahr doch endlich«, kreischt Samuel. Ich versuche gerade, links abzubiegen, aber ein großer Laster donnert heran. »Das hättest du doch lässig geschafft.«

Genervt drehe ich mich um. »Ihr haltet jetzt beide den Mund!«, meckere ich. »So kann ich nicht Auto fahren. Hinter mir wird gehupt.«

»Kannste sowieso nicht«, triumphiert mein großer Sohn. Mit quietschenden Reifen kurve ich fluchend über die Kreuzung, mache mich auf die Suche nach einem Parkplatz, blinke brav und da – da hinten wird was frei. In drei eleganten Zügen parke ich rückwärts ein, schalte den Motor aus. Auf der Rückbank wird andächtig geschwiegen.

»Hey«, sagt Samuel schließlich. »Das war ja richtig gut für eine Frau!«

Meine Gesichtszüge entgleisen. »Was hast du da eben gesagt?«, frage ich tonlos.

»Papa sagt, Frauen können nicht einparken«, erklärt mir Samuel freundlich.

»Was?«, kreische ich empört. »Das hat er gesagt?«

»Das sagt er immer«, Max nickt. »Wenn du nicht dabei bist!«

»Der kann doch selber nicht einparken«, zische ich. »Stimmt«, sagt Samuel mit beruhigender Stimme und tätschelt meine Schulter. »Du machst das wirklich viel besser.«

Mit meinem Mann werde ich heute Abend ein klärendes Gespräch führen. Aber sollten Sie tatsächlich ein paar kleine Schwierigkeiten beim Autofahren haben, dann borge ich Ihnen gerne mal meine zwei Söhne aus. Mit Benjamin-Blümchen-Kassette.

46

Frauen lieben ihre Handtaschen

Was tragen Sie eigentlich so alles in Ihrer Handtasche? Ich frage nur, weil mein liebster Ehemann mich neulich für wahnsinnig erklärt hat …

Und zwar war das, nachdem er einen Blick in meine (ich gebe es zu) etwas zerbeulte Tasche geworfen hatte. »Was schleppst du mit dir herum?«, fragte er und hielt ein Paar Ringelsocken in die Höhe.

»Socken habe ich immer dabei«, klärte ich ihn freundlich auf, denn er tat mir Leid. Männer müssen den Eindruck haben, dem Schicksal nackt und hilflos entgegenzurennen. Wir Frauen nicht. Wir haben unsere Handtaschen! Und in denen befindet sich das eine oder andere Überlebensutensil, z. B. eben diese Socken, die ich immer bei mir habe. Wie oft sitzt man im Kino oder im Theater und kann es so gar nicht genießen, weil eine übereifrige Klimaanlage für arktische Temperaturen sorgt.

»Aber es ist Winter, da bullert überall die Heizung«, unterbricht mich Robert, dem ich das alles auch gerade erkläre.

»Die kann ja auch mal ausfallen«, widerspreche ich und versuche, ihm die Handtasche zu entreißen. Das ist doch wirklich sehr privat.

»Und das?«, Robert hält eine Tüte Gummibären, ein zerfleddertes Schreibheft und drei ineinander hängende Sicherheitsnadeln in seinen Händen. Ich seufze. Bin ich eine Schwerverbrecherin, nur weil ich mich für alle Lebenssituationen wappne? »Die Gummibärchen sind für die Kinder, wenn wir lange Bus fahren. Und für mich auch. Ich mag nämlich Gummibärchen. Das Schreibheft brauche ich für plötzliche Geistesblitze, die

Fotos

mich unterwegs erleuchten, und ohne Sicherheitsnadeln verlasse ich das Haus erst gar nicht.«

Robert hört nicht mehr hin. »Was bitte ist das?«, fragt er.

Mit zärtlichem Blick antworte ich: »Das, lieber Robert, ist meine Glücksmuschel, die trage ich jetzt seit 15 Jahren mit mir herum!«

Mein Mann schüttelt den Kopf. »Dann ist das hier wohl dein Glücksstein, was?«, fragt er und legt einen grauen Klumpen auf den Tisch.

»Aber nein!«, rufe ich. »Das ist ein Stück Berliner Mauer! Habe ich damals selbst abgeklopft. Ein Muss in der Handtasche einer jeden Berlinerin!«

Er stapelt drei Bücher neben die Überreste der Berliner Mauer und guckt fragend. »Nun«, sage ich. »Ich lese eben gern, und es sind Taschenbücher. Wie der Name schon sagt, passen sie in eine Tasche.«

»Tanja!« Robert kratzt sich am Kopf. »Wenn du nicht so viel mit dir herumschleppen würdest, hättest du vielleicht nicht so häufig Rückenschmerzen.«

»Ich sehe da den unmittelbaren Bezug nicht«, murre ich und beginne, meine Schätze wieder in die Tasche zu räumen. »Ich brauche doch all diese Dinge die ganze Zeit.«

»Halt«, ruft Robert, und blitzschnell landet seine allzu neugierige Hand wieder in den Untiefen meiner Handtasche. Er befördert ein kleines Album zutage, voller Fotos: Meine Kinder sind darauf zu sehen, mein Mann, meine Eltern, meine Freundinnen, mein verstorbener Kater Hannibal und eine Autogrammkarte von George Clooney.

»Wieso ist dieser Kerl in deiner Handtasche?«, fragt Robert mit zusammengekniffenen Augen. Als wäre das Mitsichführen von Autogrammkarten ein schwerwiegender Ehebruch.

»Hach«, mache ich genervt. »Weil ich den toll finde!«

»Und deswegen klebt er im Familienfotoalbum?«, wütet Robert.

»Aber Robert«, sage ich. »Du bist ja eifersüchtig.«

»Was würdest du denn sagen, wenn ich ein Foto von ... von ... Sandra Bullock bei mir hätte?«

»Ach, nee«, feixe ich. »Findest du die gut?«

Robert wird rot. »Was würdest du also sagen?«

»Nichts.« Klammheimlich ziehe ich die Tasche zu mir rüber.

»Das glaube ich dir nicht«, Robert starrt hasserfüllt auf das Foto von George Clooney. Ich nutze seine vorübergehende Unaufmerksamkeit und versenke lautlos Glücksmuschel und Schreibheft in meiner guten, alten Tasche. Da knistert die Tüte Gummibärchen, und Robert schreckt hoch.

»Ich habe vorhin noch ein Seifenblasenröhrchen gesehen und ... und Legosteine«, sagt er.

»Die Kinder brauchen ihre Beschäftigung«, erkläre ich.

»Und das grüne Tupperdöschen?«

Robert lässt einfach nicht locker. Es ist, als entdecke er gerade die Weiblichkeit neu.

»Das grüne Tupperdöschen ist voller Vogelfutter, falls wir im Park mal die Spatzen und Meisen füttern wollen.« Ich lächele ihn an. Das ist doch einfach. Das wird er doch jetzt verstehen.

»Du bist ja wahnsinnig!«, ruft er stattdessen. Und versucht, einen weiteren Blick in meine Tasche zu werfen, aber das weiß ich zu verhindern. Er würde sonst den kleinen Föhn darin entdecken, den ich immer wieder vergesse herauszunehmen, seit ich vor einem halben Jahr im Schwimmbad gewesen bin. Er würde auch das rote Tupperdöschen finden, in dem sich Mäxchens Ersatzschnuller befindet und das steinharte, rosa Marzipanschwein von Silvester 2000. Irgendwie hänge ich daran. Ob Robert dafür Verständnis haben würde?

Wenn Sie einen Rat brauchen: Lassen Sie Ihren Mann und Ihre gute alte, beulige Freundin »Handtasche« nie, niemals allein in einem Raum!! Es könnte nämlich sein, dass Ihre Handtasche zu viel über Sie ausplaudert und dabei herauskommt, dass Sie auf Arnold Schwarzenegger stehen, sich besser fühlen, wenn Sie eine Taschenlampe dabeihaben, und in der U-Bahn Geleebananen knabbern. Und wie wollen Sie das einem Mann erklären?

47

Früher war unsere Liebe anders …

Jung verliebt fühlt sich einfach anders an als zehn Jahre verheiratet. Besser – oder eben nur anders?

»Früher …!«, zeterte ich kürzlich meinen liebsten Ehemann Robert am Sonntagmorgen an, »… früher hast du mich geweckt, indem du mir eine Tasse Kaffee gebracht hast, in die du vorher einen Kuss gerührt hattest, und dann hast du gesungen: ›Du bist so wunderschön.‹ Und heute?« Verbittert schnaufte ich auf: »Heute ziehst du mir die Bettdecke weg und rufst: ›Aufstehen!‹«

Nach diesem Wortschwall sackte ich wieder in die Kissen. Robert blickte erstaunt auf mich herunter. »Inzwischen brauche ich deine Schönheit nicht mehr zu besingen«, antwortete er, »ich weiß doch, dass du gut aussiehst! Und eine Tasse Kaffee kann ich dir gern bringen, wenn du möchtest!«

»Und das hineingerührte Küsschen?«, schmollte ich unter der Decke hervor.

»Ist das nicht ein wenig albern?«, wollte Robert wissen.

»Vor zehn Jahren war es dir nicht albern!«, erinnerte ich ihn.

»Aber das ist eben zehn Jahre her, und frisch verliebt macht man alberne Sachen.« Robert war inzwischen in die Küche geeilt, um mir Kaffee zu holen.

Was haben wir denn noch so gemacht vor zehn Jahren?, überlegte ich. Davon abgesehen, dass wir uns die ganze Zeit abgeküsst und Händchen gehalten haben. Das wäre mir heutzutage vielleicht wirklich ein bisschen zu viel des Guten.

Da kam Robert mit einer dampfenden Tasse wieder und

reichte sie mir grinsend. »Was ist?«, rief ich gereizt, denn an diesem Morgen war ich in merkwürdiger Stimmung.

»Wenn ich dich erinnern darf, hast du vor zehn Jahren in meiner Gegenwart nicht essen können, so aufgeregt warst du«, sagte Robert. »Kann gar nicht sein«, schmollte ich.

»Und du hattest immer Tränen in den Augen, wenn wir uns für ein paar Stunden verabschieden mussten, weil du die Zeit ohne mich unerträglich fandest«, fuhr er fort.

Jetzt musste auch ich grinsen. »Wie albern«, kicherte ich. »Ich fand das allerliebst«, erinnerte sich Robert.

»Und wenn wir nicht gerade Sex hatten, führten wir endlose, tief schürfende Gespräche oder spazierten stundenlang um den Grunewaldsee«, seufzte ich. »Weißt du noch, wie schön die Sonne da unterging und wir uns die ewige Liebe geschworen haben?«

»War das nicht am Müggelsee?«, fragte Robert und legte die Stirn in Falten.

»Ist doch auch egal!« Gereizt nahm ich einen Schluck Kaffee. »Warum schwörst du mir nie mehr ewige Liebe, und warum haben wir nicht mehr Sex rund um die Uhr?«

Bevor Robert etwas sagen konnte, stürmten unsere drei Kinder das Schlafzimmer und krochen kreischend unter die Decken. »Vielleicht beantwortet das deine Frage«, sagte Robert lachend. »Hm.« Nachdenklich starrte ich in meine Kaffeetasse.

»Findest du immer noch, dass meine Augen wie Saphire leuchten? Und dass mein Mund wie eine Kirsche schmeckt?«, fragte ich nach einer Weile unter das Bett, wohin sich Robert mit seinen gackernden Söhnen geflüchtet hatte, während Tochter Sanne kreischend versuchte, sie mit einem Federkissen zu bedrohen.

»Wie bitte?«, rief Robert halb erstickt von Staub und Lachanfällen.

»Ach, vergiss es!« Frustriert stand ich auf, um meine Zähne zu putzen. Aus dem Badezimmerspiegel starrte mich eine griesgrämige Frau an, deren Mundwinkel nach unten hingen. Von Kirsche konnte keine Rede sein.

Wenig später saßen wir am Frühstückstisch. »Hast du noch schlechte Laune?«, fragte Robert. »Ich und schlechte Laune«, erboste ich mich. »Da sieht man es wieder: Früher hast du diesen Zustand als ›entzückende Nachdenklichkeit‹ bezeichnet und jetzt ist es auf einmal ›schlechte Laune‹!«

Die Kinder kicherten.

»Mama ist entzückend nachdenklich!«, rief Sanne. Samuel nutzte die Gunst der Stunde und versenkte seine Hand im Nutella-Glas.

»Alles hat seine Zeit«, begann Robert zu philosophieren. »Wir befinden uns in einer weiteren Lebensphase und deswegen …!«

»Gibst du mir mal die Erdbeermarmelade rüber?«, unterbrach ich ihn, denn mir knurrte der Magen.

»Siehst du!«, rief Robert. »Früher hast du mich nie unterbrochen.«

»Ja!«, trumpfte ich auf. »Früher hast du mir ja auch das Frühstücksbrötchen bestrichen.«

»Wieso?«, fragte Sanne erstaunt. »Konnte Mama das nicht alleine?«

»Doch«, rief ich verlegen. »Aber da war Papa so verliebt.«

»Und wenn man verliebt ist, streicht man sich gegenseitig Marmelade aufs Brot?«, forschte das irritierte Kind weiter. »Hm«, machte ich. »Und vor lauter Aufregung konnte ich das Brot dann sowieso nicht essen.«

»Das ist aber albern«, befand Sanne skeptisch. Dann herrschte kurz Schweigen am Frühstückstisch.

»Das stimmt«, antwortete Robert schließlich.

»Vielleicht hat es die Natur so eingerichtet, dass man in diesem albernen Zustand nur eine kurze Zeit seines Lebens zubringen kann, denn sonst würde man ja bald verhungert und verblödet sein«, begann ich zu philosophieren. »Denn wenn …«

»Reichst du mir bitte mal die Butter rüber?«, unterbrach mich Robert.

»Jetzt hast du mich unterbrochen«, rief ich und gab ihm das Gewünschte über den Tisch. »Weißt du«, lächelte Robert mich an. »Deine Augen leuchten wie Saphire!«

Ich lächelte zurück. »Und deine Stimme, lieber Robert, läuft mir immer noch wie Honigklang ins Ohr!«

»Klebt das nicht?«, fragte Sanne.

Da goss mir Robert eine weitere Tasse Kaffee ein, rührte einen Kuss hinein und sprach honigsüß: »Nichts fühlt sich besser an, als 10 Jahre verliebt verheiratet zu sein!« Und dann hatte ich tatsächlich ein paar Tränen in meinen Saphiraugen!

48

Nichts als die Wahrheit, oder?

Sagen Sie auch so oft ja, wenn Sie nein meinen? Die frisch geschiedene Freundin will z. B. die Samstagnacht mit Ihnen in der Disco durchtanzen. Und Sie?

Sie wollen eigentlich nichts lieber, als sich allein im Bademantel ein herrlich kitschiges Rosamunde-Pilcher-Video ansehen und dazu genüsslich eine Tüte Chips wegknabbern. Was machen Sie? Wenn Sie ehrlich sind, sagen Sie der Freundin freundlich ab. Wenn Sie aber so sind wie ich, dann müssen Video und Bademantel auf den nächsten Sonnabend warten. Und so geht es mir ständig.

»Darf's ein bisschen mehr sein?«, fragt die Wurstverkäuferin.

»Entrümpelst du mit mir den Dachboden?«, fragt die Schwiegermutter.

»Könnten Sie heute Nachmittag auf meinen Christian-Friedrich aufpassen?«

»Ja, ja, ja«, antworte ich, weil ich hilfsbereit und höflich sein möchte, obwohl ich zweihundertachtzig Gramm Salami nicht gebrauchen kann, mich staubige Dachböden nicht interessieren und Christian-Friedrich ein verwöhntes Kerlchen in der Trotzphase ist.

Wer weiß, wie lange es so mit mir weitergegangen wäre, wenn nicht meine Tochter Sanne letzte Woche mit mir ein neues Spiel gespielt hätte. Dabei ging es ums Ehrlichsein, um Mut und Offenheit. Alles nicht so meine Stärken – darum verlor ich auch haushoch, und als Strafe wurde mir laut Spielregel auferlegt, einen ganzen Tag lang nur die Wahrheit zu sagen.

»Nichts leichter als das«, log ich munter drauflos.

Sanne sah mich skeptisch an. »Dann kannst du ja jetzt die Mutter von Christian-Friedrich anrufen und ihr sagen, dass du heute Nachmittag nicht auf ihren Sohn aufpassen möchtest, weil er dich nervt.«

»Das kann ich unmöglich tun«, rief ich entsetzt. »Es gibt einen Unterschied zwischen der Wahrheit und schlechten Manieren.«

»So?«, fragte meine Tochter mit spitzem Mund. »Und Lügen sind gute Manieren, oder wie?«

»Na ja«, wand ich mich. »Nicht direkt ...«

»Ruf da jetzt an, sonst bist du ein Spielverderber«, wurde ich erpresst.

»Ich könnte der Mutter von Christian-Friedrich doch sagen, dass ich dringend zum Zahnarzt muss und deswegen leider ...«

»Die Wahrheit«, kreischte Sanne, und ich trollte mich zum Telefon.

Zu meiner großen Erleichterung sprang der Anrufbeantworter an. Ich legte wieder auf.

»Feigling!«, beschimpfte mich Sanne. »Ich versuche es später noch einmal«, versprach ich leichthin, und um das leidliche Thema zu wechseln, fragte ich sie: »Kommst du mit einkaufen?«

Wenig später schob ich einen Einkaufswagen durch die Reihen eines Supermarktes, studierte konzentriert meinen Einkaufszettel und hatte dieses alberne Spiel um die Wahrheit vollkommen vergessen.

»Darf's ein bisschen mehr sein?«, fragte mich eine übel gelaunte Wurstverkäuferin. Da spürte ich einen intensiven Blick von links unten, der aus den funkelnden Augen meiner Tochter schoss.

»Hmm«, machte ich nervös.

»Die zwei Scheiben Salami mehr machen doch nichts aus«, flüsterte ich nach unten.

»Die Wahrheit«, zischte Sanne.

»Also wat nu?«, fragte die Wurstverkäuferin.

Grimmig blickte sie mich an, eine spitze Gabel in der Hand.

Ich holte tief Luft, streckte den Rücken, dass es nur so knackte und sagte: »Nein, vielen Dank. Es darf nicht ein bisschen mehr sein.«

Rumms. Da war sie draußen, die Wahrheit. Und es hatte gar nicht wehgetan. Der Wurstverkäuferin auch nicht.

Zufrieden schob ich weiter durch die Gänge.

»Mama, du hast Glück«, rief Sanne auf einmal. »Die Mutter von Christian-Friedrich kommt direkt auf uns zu.«

Bevor ich den Wagen herumreißen und zwischen den Tiefkühlpizzen abtauchen konnte, rief sie auch schon: »Aaaah, Frau Wekwerth, was für ein Zufall. Es bleibt doch bei heute Nachmittag? Christian-Friedrich freut sich schon.«

Ich räusperte mich. Sanne blickte gespannt mit großen, blauen Augen zu mir auf.

»Ich habe leider überhaupt keine ...«, begann ich.

Die blauen Augen weiteten sich entsetzt.

»Überhaupt keine ... Kraft ... auf ein weiteres Kind Acht zu geben«, fuhr ich fort. »Drei kleine Jungs sind mir einfach zu anstrengend.«

»So?!«, machte die Mutter von Christian-Friedrich und schob beleidigt mit hoch erhobener Nase an uns vorbei. Aber das war mir plötzlich ganz egal.

Ich begann, richtig Spaß an der Wahrheit zu finden. »Was für ein blöder Doppelname«, flüsterte ich Sanne zu, die mir anerkennend dem Arm tätschelte.

»Möchtest du ihr das auch gerne noch sagen?«, fragte sie.

»Nein, nein. Man muss es ja nicht übertreiben mit der Wahrheit«, rief ich schnell.

Auf dem Nachhauseweg trafen wir eine Nachbarin. »Sonnabendabend gebe ich eine Häkelparty. Der hübscheste Topflappen wird mit einer Flasche Sekt prämiert, und du bist eingeladen.«

»Nein, vielen Dank«, antwortete ich schlicht, aber ehrlich.

»Und warum nicht?«, bohrte die Nachbarin.

Ich holte tief Luft. »Weil ich überhaupt keine Lust darauf habe. Aber vielen Dank für die Einladung.«

»Bravo«, rief Sanne euphorisch und klatschte in die Hände.

Meine Nachbarin guckte mich etwas irritiert an. Dann lächelte sie plötzlich. »Okay«, sagte sie. »Aber vielleicht treffen wir uns mal auf einen Kaffee?«

»Gerne«, sagte ich glücklich. Und dann ging ich mit Sanne und einem ganz neuen Lebensgefühl nach Hause. Es lebe die Wahrheit …

49

Faschings-Tanz mit einem Engel

Jetzt ist es wieder so weit: Die Faschingszeit naht. Als Piraten im Doppelpack und Pipi Langstrumpf mit Blumendraht in den geflochtenen Zöpfen feiern meine Kinder ausgelassene Feste …

Für die Kleinen ist das alles auch sehr amüsant. Aber ich? Ich mag mich nicht verkleiden. Und trotzdem soll ich zu einer Kostüm-Party …

»Es ist eine Faschingsfeier von der Firma«, erklärt mir Robert zum zehnten Mal. »Und wenn ich nicht möchte?«, bocke ich.

»Dann bitte ich dich: Tu es mir zuliebe.« Robert guckt verzweifelt aus seinen braunen Rehaugen, und damit hat er mich sogar einmal ins Fußballstadion bekommen.

»Gut«, seufze ich. »Als was verkleidest du dich?«

Robert räuspert sich. »Ich dachte an Supermann.«

»Supermann mit Rehaugen und Bauchansatz«, lästere ich.

»Und du?«, fragt er zurück und überhört meine Boshaftigkeiten.

»Mama geht als Krankenschwester«, schlägt Samuel vor.

»Nein!«, weigere ich mich erschrocken. »Wer weiß, wem ich dann den Puls messen muss?«

»Geh doch als Häschen«, ruft Supermann. Sprachlos schüttele ich den Kopf, auf dem garantiert keine plüschigen Hasenohren befestigt werden. Ganz zu schweigen von einem Puschelschwänzchen auf meiner Kehrseite. Also wirklich!

»Dann verkleide dich doch als Baby«, freut sich Mäxchen.

»Baby?«, überlege ich laut. Das ist wenigstens neutral. Ich bräuchte mich nicht einmal zu schminken, und warm anziehen könnte ich mich auch. Wenig später bin ich um 37 Jahre verjüngt: Ich trage Roberts schlabberigen Jogginganzug, der mich schon immer an einen Strampelanzug erinnert hat, darüber einen überdimensionalen Sabberlatz, auf dem »Papas Liebling« steht. Ein rosafarbener Schnuller baumelt an einer Plastikkette. Nur auf die Windel habe ich verzichtet, so detailgetreu braucht man ja nicht zu sein. Ich schaue in den Spiegel und bin betroffen, wie blöd ich aussehe. Hinter mit fliegt plötzlich Supermann vorüber, sein roter Umhang flattert unternehmungslustig, und er ruft: »In Faschingsnächten ist alles möglich! Los geht's!«

Auf der Straße ist zum Glück niemand, den ich kenne. Während Supermann mit unserer Familienkutsche durch Berlins Straßen heizt, sauge ich nervös an meiner Nuckelflasche.

»Das ist Batman gewesen, mit dem schnellen, schwarzen Auto«, erinnere ich den Mann mit dem großen S auf der Brust. »Also fahr bitte vernünftig!«

Wenig später erreichen wir den mit Girlanden geschmückten Ort der Feierlichkeit: Zahlreiche Häschen und Hexen tummeln sich, ein dicker Clown tanzt mit der Königin von England, und hinten am Büffet steht einer, der aussieht wie Gerhard Schröder. Da bin ich ja in bester Gesellschaft. Eilig gieße ich mir etwas Weißwein in die Nuckelflasche und verziehe mich in die hinterste Ecke. Ein Engel schwebt laut lachend mit einem Teufel vorüber. Plötzlich baut sich der Weihnachtsmann vor mir auf: »Hohoho!«, ruft er.

»Was ist los?«, murre ich, den Silikonsauger zwischen den zusammengebissenen Zähnen.

»Wollen wir tanzen?«, will er wissen. »Ich zahne«, knatsche ich, und der fette Weihnachtsmann verzieht sich. »Das war der Chef«, zischt mich Robert an. »Wie sollte ich den erkennen hinter seinem weißen Rauschebart?«, verteidige ich mich weinerlich.

Robert seufzt. »Amüsier dich doch ein bisschen.«

Resigniert stecke ich mir den Schnuller in den Mund und beschließe, im Taxi nach Hause zu fahren. Ich habe mein Fläschchen brav leer gesaugt, jetzt will ich gehen. Wo ist Robert? Drei Supermänner und ein betrunkener Teufel stehen an der Bar. Robert ist nicht dabei. Suchend laufe ich umher. Ob er losfliegen musste, um einen umgestürzten Baukran wieder aufzurichten? Galt es, ein sinkendes Schiff aus den Fluten zu ziehen? Plötzlich stoße ich mit dem Engel zusammen. Er ist sehr groß, und hübsch sieht er aus, in seinem goldenen Gewand und mit den prächtigen Flügeln.

»Wollen Sie schon gehen?«, fragt er freundlich mit wohlklingender Stimme.

»Ja, nein!«, stottere ich. »Ich suche meinen Mann!«

»Der steht da hinten und unterhält sich mit dem Weihnachtsmann«, antwortet der Engel. Seine Augen leuchten himmelblau. »Würden Sie so lange mit mir tanzen?« Er bringt mich ein bisschen aus der Fassung, dieser Engel.

Ich nicke nervös, und dann tanze ich wie auf Wolken, mir ist, als schwebe ich wie eine Feder.

»So ein schönes Fest ist das, finden Sie nicht?«, fragt der Engel dicht an meinem Ohr. »O ja!«, rufe ich und drehe mich lachend im Kreis. Der Engel ist ein verdammt guter Tänzer. Schließlich verabschiedet er sich höflich, und ich tanze ein Weilchen mit dem Weihnachtsmann weiter, dann stürme ich hungrig das Büffet, unterhalte mich angeregt mit Häschen und Cowboys, und plötzlich ist es Mitternacht, und wir müssen nach Hause, den Babysitter bezahlen.

»War es sehr schlimm für dich?«, fragt Robert auf der Rückfahrt.

»Aber nein. Es war wundervoll«, rufe ich glücklich.

»Du musst nicht übertreiben«, sagt Robert. »Ich habe mit einem Engel getanzt«, erkläre ich ihm.

»Der Kerl in dem weißen Laken?«, ruft Robert. »Das ist der kleine Herr Krause aus der Steuerabteilung!«

»Nein«, lache ich, »das war er sicher nicht!«

»Und ich habe mich mit Marlene Dietrich unterhalten«, trumpft Robert auf. »Und Gerhard Schröder war auch da!«

»In Faschingsnächten ist alles möglich«, rufe ich und bin froh, nicht an den Teufel geraten zu sein …

50

Eine kunterbunte Frühlings-Party

Im Überschwang der Gefühle habe ich mir letzte Woche Gäste eingeladen. Denn in einer Zeitschrift hatte ich gelesen: »Feiern Sie den Frühling. Genießen Sie mit Freunden leckere Speisen an vor Farben sprühend dekorierten Tischen!«

Auf den Fotos waren glückliche, essende Menschen zu sehen, die an atemberaubend kunterbunt hergerichteten Tischen saßen, und ich wusste: Ich wollte auch eine glänzende Gastgeberin sein und originelle Speisen reichen.

Intensiv beäugte ich das Foto. Die Tischdecke war rosa, lilafarbene Fliederbüschel lagen darauf, um die Glashälse waren hellblaue Schleifen gebunden – und was glänzte da so geheimnisvoll wie Morgentau? Murmeln waren das, wie zauberhaft! Sofort rannte ich ins Kinderzimmer und fischte mir eine Hand voll Glasmurmeln aus dem Spielzeugschrank. Die ließ ich dann über meine ebenfalls rosafarbene Tischdecke kullern, was allerdings nicht ganz so geheimnisvoll aussah wie auf dem Foto. Ich häufte Flieder in die Tischmitte, schnippte ein paar Murmeln in die richtige Richtung, drapierte Kerzen und trat einen Schritt zurück. Ganz nett sah das aus.

»Wieso liegt da so viel Krempel auf dem Tisch?«, fragte Sanne, meine vorlaute Tochter, die sich neben mich gestellt hatte. »So was nennt man Tischdekoration«, erklärte ich ihr und eilte in die Küche, um das »feenhaft leichte Frühlingsdinner« nachzukochen.

»Brunnenkressesuppe, reisgefüllte Tomätchen mit Mozzarellakügelchen und Lachsklößchen«, las ich Sanne begeistert vor.

»Alles so rund«, murrte Sanne. »Wenn da mal nicht einer aus Versehen eine Murmel mitisst.«
»Sei still«, schimpfte ich.
»Und was gibt es zum Nachtisch?«, fragte Sanne unbeeindruckt.
Ich zögerte. »Windbeutelchen mit Johannisbeeren.«
Sanne kicherte, sagte aber nichts mehr, und ich stürzte mich in die Kocherei, hackte Kresse und Frühlingszwiebeln, rührte wie besessen und stellte fest, dass das feine Süppchen sich weigerte, nach etwas zu schmecken. Auch das Grün war nicht so leuchtend wie auf dem Foto. Diese Suppe sah aus wie die Spree bei Regen. »Vielleicht muss sie ein wenig ziehen«, sagte ich mir und machte mich daran, Reis in Cocktailtomaten zu füllen, was auch nicht gerade ein Kinderspiel war.
Wenigstens die Mozzarellakügelchen glitten problemlos aus der Packung. Sie gesellten sich zu handgeformten Lachsklößchen, die keine waren, sondern Fischmatsch, der auf dem Teller zu einem braunen Haufen zerfiel, was farblich zur Spree-Suppe passte.
»Vielleicht fällt das bei Kerzenschein nicht so auf«, tröstete ich mich, und beim wiederholten Betrachten des Fotos fiel mir auf, dass unsere Freunde ja schließlich auch nicht so attraktiv aussahen, wie die Leute hier, die sich anmutig bänderumwickelte Weinkelche und formvollendete Lachsklößchen an die lachenden Münder hielten. Das sind gestellte Szenen, tröstete ich mich.
Pünktlich trafen am Abend die Gäste ein. Das kleine Wunder, das meinen Klößchen zu einer runden Form verholfen hätte, war leider ausgeblieben. Stolz entzündete ich die Kerzen auf dem frühlingsbunten Tisch und beobachtete aus den Augenwinkeln meine Gäste. »Das sieht wirklich ganz ...«, Peter holte tief Luft, »... erstaunlich aus.«
»Sehr, sehr hübsch«, flötete Conny. Na also. Alle waren zufrieden, keiner hatte bemerkt, dass die Fliederbüsche schlapp geworden waren, und keiner würde wissen, dass Brunnenkressesuppe grün zu sein hat. Mit klopfendem Herzen machte ich schnell die Deckenbeleuchtung aus und servierte die Suppe. Susanne und Christian starrten in ihre Teller. Unruhig schob ich

eine Murmel hin und her. Dann kostete ich zaghaft und musste feststellen, dass diese graubraune Suppe so schmeckte wie sie aussah: wie die Spree bei Regen. Und dass alles versalzen war.

»Köstlich«, lobte Conny etwas zu laut. Die anderen nickten zustimmend. Dann sagte keiner mehr etwas.

Christian versuchte, einen Schluck Wein zu trinken, verhedderte sich aber in der hellblauen Schleife. »Meine Güte«, dachte ich genervt, was stellt er sich ungeschickt an, und so anmutig wie die Leute auf dem Foto führte ich das Glas an meine Lippen, platzierte es beim Abstellen leider auf einer Murmel, wobei es umfiel, und sich der ganze Wein in den schlappen Flieder ergoss.

»Reichst du mir mal die Platte mit den Fischhäufchen?«, fragte Robert in diesem Moment. »Was ist das Rot-Weiße?«, wollte Peter wissen und blinzelte hungrig hinter einer tropfenden Kerze hervor. »Reis in Tomätchen«, erklärte ich verbittert.

»Wundervoll«, lobte Conny mit vollem Mund.

»Ja, ganz ausgezeichnet«, fiel ihr Peter ins Wort und jagte mit seiner Gabel eine widerspenstige Mozzarellakugel über den Teller.

Als ich kurz in der Küche verschwand, um die Nachspeise zu holen, hörte ich die Gäste flüstern. »Salzige Suppe ... matschige Häufchen ...!« Sie hatten mich durchschaut! Sie wussten doch, dass Klößchen rund zu sein haben.

»Seht!«, hörte ich jemanden machen, und dann flüsterten sie weiter.

»So viel Mühe ...!«

»Das Rot-Weiße war gar nicht so übel.«

»Die Schleifchen an den Gläsern sind wirklich hübsch.«

Während ich in der Küche den Nachtisch anrichtete, traten mir Tränen der Rührung in die Augen. Wie lieb unsere Freunde waren! Wie bemüht, dieses lächerliche Abendessen nett zu finden. Falls Sie demnächst ein feenleichtes Frühlingsessen planen, dann laden Sie sich nur wahre Freunde ein, und bedenken Sie: Von einer entzückenden Tischdekoration allein wird keiner satt!

51

Ich habe auch eine Trotzphase …

Warum dürfen nur Kinder eine Trotzphase haben? Ich bin der Meinung, dass auch Erwachsene mal durch solche Phasen der plötzlich aufwallenden Übellaunigkeit müssen.

Zum Beispiel beim Anblick eines mit Legosteinen übersäten Wohnzimmers. Oder die Phase der Augenfalten-Frustration. Oder auch die Phase der jäh aufflammenden Erkenntnis, dass man nicht mehr 25 ist!

Alles so Phasen, die mich ab und zu beuteln, und dann heißt es immer: »Meine Güte, hast du schlechte Laune.«

Habe ich aber gar nicht, ich befinde mich lediglich in einer Lebensphase, in der ich mich am liebsten kreischend an der Supermarktkasse winden möchte, weil ich da schon so lange stehe und mir heiß ist und ich einfach keine Lust mehr habe! Kinder dürfen das! Erwachsene nicht. Schade!

Mein jüngster Sohn befindet sich gerade in so einer beneidenswerten Phase. Man kann ihm einfach nichts recht machen. Neulich holte ich ihn vom Kindergarten ab.

»Mäxchen«, begrüßte ich ihn herzlich. »Komm, Mantel anziehen.«

»Nö«, sagte er und verschwand um die Ecke.

Da Straßenschuhe in Kindergärten nicht gern gesehen sind, hockte ich mich auf den Boden und begann, die kunstvolle Verschnürung meiner Stiefel aufzufädeln.

»Max!«, rief ich und schwitzte in meiner Jacke. Ob das schon der Beginn der Menopause war, fragte ich mich erschrocken, doch ich hatte gerade keine Zeit, mich der Menopausenfrust-

Phase hinzugeben, denn ich musste Max suchen gehen. Wenig später sah ich ihn friedlich in der Puppenecke sitzen, wo er gerade eine Barbie entkleidete.

»Wir gehen«, informierte ich ihn streng.

»Tschüss!«, sagte er und zerrte an Barbies Schlüpfer.

Da packte ich ihn am Arm. »Bitte, Max. Wir müssen noch Sanne abholen und einkaufen gehen und zum Schuster und ...!«

»Will nicht!«, kreischte er.

»Meinst du, ich?«, fragte ich.

Max rollte sich zu einer Kugel zusammen. Auch keine schlechte Idee. Das nächste Mal, wenn ich im Restaurant die Rechnung bezahlen muss, werde ich mich auch einfach mal zusammenrollen. Mal sehen, was passiert.

Ich versuchte, Max hochzuheben, woraufhin er strampelte, als koste es sein Leben. »Will nicht!«, kreischte er und benutzte Barbie als Waffe.

»Dann gehe ich eben ohne dich«, versuchte ich es mit dem miesen Trick aller Mütter, denen nichts mehr einfällt, und drehte mich um.

Hinter mir herrschte selige Ruhe. An der Tür drehte ich mich um und sah Max, der verträumt mit Barbie liebäugelte.

»Ich komme in einer halben Stunde wieder«, informierte ich die Kindergärtnerin, fummelte meine Schnürstiefel wieder zu und öffnete die Haustür.

Da ertönte ohrenbetäubendes Geheul. »Mamaaa!«, gellte mein jüngster Spross, und sofort durchfuhr mich ein schlechtes Gewissen. Bestimmt hatten ihn gerade Verlustängste übermannt, und ich war so herzlos auf dem Weg nach draußen.

»Mama, nimm mich mit«, flehte er aus der Feme.

»Dann komm«, rief ich zärtlich und wartete an der Haustür, weil ich mit den Stiefeln nicht zurück auf die helle Auslegware konnte. Das Weinen ebbte ab. Von Max keine Spur.

»Hol mich!«, befahl dafür ein forsches Stimmchen aus dem Nichts. Die Verlustängste waren besiegt, die Trotzphase bekam wieder Oberhand. Ich spürte, wie mir ein kaltes Rinnsal Schweiß den Rücken hinunterlief.

»Ich gehe!«, rief ich wutschäumend.

»Mamaaaa!«
»Komm.«
»Nein.«
»Doch.«
»Such mich.«

Keuchend hockte ich mich in eine Ecke und löste die Schnürsenkel meiner Stiefel. Als ich mir die gekauft hatte, glaubte ich mich in einer Lebensphase, in der die Kinder aus dem Gröbsten seien und ich wieder mit der Mode gehen konnte. Lächerlich!

Auf Socken raste ich über den beigefarbenen Teppichboden, suchte in der Puppenecke, im Tobe-Zimmer, hinter dem Schmusesofa. Kein Mäxchen!

Ein Blick auf die Uhr verriet mir, dass ich längst woanders sein sollte und nicht mehr hier, schwitzend, auf der Suche nach meinem Trotzphasen-Max.

Schließlich fand ich ihn mit Barbie auf dem Klo sitzend.

Genervt blickte er mich an. »Zieh dir doch schon mal die Schuhe an«, sagte er. »Wir kommen gleich nach.«

»Nein«, trotzte ich.

»Wieso?«, wollte er wissen.

»Weil ich nicht will!« Bockig schob ich die Unterlippe vor und erwog kurz, mich auf dem Fußboden zusammenzurollen.

»Ist ja gut«, besänftigte er mich. »Ich bin ja schon da!« Dann zog er energisch die Klospülung, nahm mich an die eine Hand, Barbie an die andere und führte mich zu meinen Stiefeln.

Dort setzte ich mich erschöpft auf die Erde, um Kräfte zu sammeln. Plötzlich übermannte mich die Erkenntnis, dass ich mit Überschallgeschwindigkeit auf meine Menopause zurase und dem Verfall meines einst straffen Körpers hilflos ausgeliefert bin. Und da erkannte ich, dass auch Erwachsene noch durch Phasen gehen. Diese hier nennt man wohl Midlife-Crisis.

Max half mir wieder auf die Beine und lächelte nett. Denn das ist das Gute an Phasen! Sie gehen vorüber! Auch Barbie-Phasen.

52

Auf Fotos sehe ich ganz anders aus …

Mich gibt es eigentlich zweimal: die Tanja, die freundlich in den Spiegel lächelt und dabei so weit ganz passabel aussieht. Und die Tanja auf dem Foto …

Um es ganz deutlich auszudrücken: Ich sehe auf Bildern immer blöd aus. Tränensäcke, zu viel freigelegtes Zahnfleisch und Gesichtszüge, die ich an mir noch nie zuvor gesehen habe.

Das ging schon auf dem Klassenfoto los: Wer war diese dickbäckige, dümmlich grinsende Person in der zweiten Reihe, dritte von links, die meinen Ringelpulli trug? Das war ich selbst. Neben mir stand die sonst pickelige, knollennasige Heike und sah strahlend schön aus wie Nicole Kidman bei der Oskar-Verleihung. Wieso können Fotos so trügen?

Neulich waren wir zum Familienkaffee bei Tante Gerda eingeladen. Da würde, wie immer, ein Erinnerungsfoto gemacht werden. Diesmal war ich entschlossen, mich vorzubereiten. Ich wollte auch mal diejenige sein, die durch ihr strahlendes Lächeln überzeugt.

Okay, meistens habe ich ja auf Fotos auch noch die Augen zu, da hilft mir das schönste Lächeln nicht mehr weiter …

Ich stand also vor dem Spiegel und schminkte mich sorgfältig. Meine Augen erstrahlten unter bronzefarbenem Lidschatten, und ein dunkler Lippenstift ließ meine Zähne leuchten. Perfekt. Versuchsweise lächelte ich in den Spiegel.

Hilfe, doch nicht so! Das gab Augenfalten und sah gekünstelt aus. Gleich noch mal. Ein zaghaftes Lächeln huschte über mein Gesicht.

Gar nicht übel, das hatte was von der Mona Lisa. Allerdings traten meine Augenringe dabei hervor. Ich hob das Kinn. Die Augenringe verschwanden, dafür sah ich hochmütig aus. Wie wäre es mit ein wenig Profil? Ich drehte meinen Kopf hin und her und entschied mich für meine linke Gesichtshälfte. Leichtes Halbprofil mit Mona-Lisa-Lächeln und nicht zu hoch gehaltenem Kinn. Genau so sah ich gut aus. Das wollte ich gleich ausprobieren. Ich setzte mich im Wohnzimmer auf dem Sofa zurecht und sprach mit sanfter Stimme zu Robert, meinem liebsten Ehemann: »Bist du so weit? Wir müssen gleich los!«

»Hast du dir den Hals verknackst?«, fragte er besorgt zurück, wobei ihm mein übersinnliches Lächeln gänzlich entgangen sein musste.

Eilig kehrte ich zum Badezimmerspiegel zurück. Also besser kein leichtes Halbprofil. Stattdessen starrte ich mir frontal ins Gesicht. Ohne Lächeln. Auch nicht übel.

Mysteriös sah das aus, als wäre ich eine Frau mit dunklen Geheimnissen. Testweise lächelte ich. Das sah nicht mehr geheimnisvoll aus!

Dann probte ich ein breites Julia-Roberts-Grinsen mit vollem Zahneinsatz. Dabei entdeckte ich Lippenstiftspuren auf meinen Schneidezähnen. Erst auf dem letzten Foto, das mit Freunden in unserer Lieblingspizzeria aufgenommen worden war, prangte mir deutlich ein Stück dunkelgrüner Petersilie im gebleckten Gebiss, und das war so lächerlich, dass es gar nicht weiter auffiel, dass meine Augen rot statt braun leuchteten.

Ein weiteres Problem, das ich auf Fotografien habe: Wenn meine Augen offen sind, dann sind sie rot, und ich sehe damit aus wie ein unausgeschlafener Vampir.

Ich wischte also das Kirschrot von meinen Zähnen, und dann machten wir uns auf den Weg zu Tante Gerda. Es gab Kaffee und Kuchen, ein entfernter Cousin machte ein paar Schnappschüsse am Tisch. Das hasse ich ganz besonders, weil man sich nicht vorbereiten kann, und mit einer dicken Backe voller Kirschstreusel würde selbst Nicole Kidman blöd aussehen!

»Bitte lächeln!«, rief er laut, und schon hatte es geblitzt.

Meine Augen hatten sich schon vorher reflexartig geschlossen, dafür war mein Mund offen gewesen, weil ich gerade eines der Kinder angemeckert hatte. Wunderbar! Noch während ich mich in meine Serviette ärgerte, blitzte es erneut.

»Gleich noch mal! Spaghettiiiiii!«, rief der fotografierwütige Cousin.

»Spaa …«, machte ich brav, es blitzte, und es würde ein weiteres Bild von mir mit offenem Mund geben.

»Und jetzt das Gruppenbild für das Familienalbum!«

Der Cousin scheuchte uns zum Sofa. Unauffällig pulte ich mir in den Zähnen, um sicher zu sein, dass sich kein Kuchenkrümel dort verfangen hatte. »Blitz«, machte es. »Die natürlichen Aufnahmen sind die besten!«, freute sich der Cousin.

Was würde die Nachwelt von mir denken?

Schließlich waren wir alle versammelt, meine drei Kinder saßen brav im Schneidersitz vor dem Sofa, wir Erwachsenen hatten uns darum posiert, in der Mitte thronte Tante Gerda.

»Achtung! Jetzt geht es los. Ich zähle bis drei!«

Der Cousin guckte durch die Linse. Ich wusste, dass ich bei »drei« blinzeln würde, es war stärker als ich.

»Eins!« Heftig blinzelte ich einige Male hintereinander, um gleich entspannt aussehen zu können, zupfte an meiner Frisur.

»Zwei!« Ich spannte meine Schultern, setzte mich ins vorteilhafte Halbprofil, leckte meine Lippen, blinzelte noch einmal – und »Blitz!«, machte es.

»Halt!«, rief ich erbost. »Du hast gesagt, du zählst bis drei!«

»Alter Fotografentrick!«, lachte mein Cousin. »Bei drei lachen immer alle so unnatürlich!«

Und so kam es, dass ein weiteres Foto von mir existiert, auf dem ich aussehe wie ein züngelnder, unausgeschlafener Vampir mit Bindehautentzündung. Schade, dass die Nachwelt nicht wissen wird, dass es mich eigentlich zweimal gab: in echt und auf dem Foto.

53

Als der Sohn verlorenen ging

Haben Sie schon einmal etwas verloren? Ihr Portemonnaie, ihren Hausschlüssel oder ihre Unschuld? Ich auch, aber neulich, da habe ich eines meiner Kind verloren und meine Nerven gleich dazu. Es war im Aquarium von Berlin, das ich mit meinem Jüngsten besuchte. Die beiden anderen hatten Schnupfen und wurden von der Oma gepflegt.

»Da machen wir beide es uns mal so richtig nett«, munterte ich Mäxchen auf. »Einmal ein Einzelkind zu sein hat doch auch etwas!«

Wenig später stand ich mit Mäxchen an der Kasse des Aquariums. Mit *einem* Kind unterwegs zu sein ist ja ein Klacks! Nur eine laufende Nase, nur einer, der unbedingt ein Eis haben will, nur einer, der sofort aufs Klo muss, nur einer … Moment mal, wo war denn dieser Eine jetzt geblieben? Suchend blickte ich mich um.

Da hinten stand er ja und hatte eine freundliche Dame in ein Gespräch verwickelt.

»Er sagt, er möchte sich hier eine Vogelspinne kaufen«, erklärte sie mir lachend.

»Haha!«, lachte ich. »Wie lustig.«

Dann betrat ich mit Max die Fischabteilung. Aus beleuchteten Schaukästen schimmerte eine faszinierende Unterwasserwelt. Staunend bewunderte ich schwebende Quallen.

»Kann man hier etwas essen?«, fragte Max.

»Nein«, antwortete ich. »Hier kann man weder etwas essen, noch etwas kaufen. Man sieht sich einfach die Tiere an.«

»Ich habe aber Hunger!«, murrte er und beäugte ein Becken

voller Schnepfenfische, die sich in seinen Augen wohl gerade in Fischstäbchen verwandelten.

»Jetzt schau dir doch mal diese netten Hängebauchseepferdchen an!«, rief ich.

»Sind die gefährlich?«, wollte Max wissen.

Ich schüttelte den Kopf. »Nein, aber niedlich.«

»Gibt es hier auch was Gefährliches?«

»Na klar!«, rief ich. »Hier gibt es Krokodile und Riesenschlangen und ...«

Mäxchens Augen begannen zu leuchten und wir machten uns auf in den ersten Stock.

»Guck mal, ein Leguan«, sagte ich, doch Max keuchte »Krokodil« und bog um die nächste Ecke. Sollte er doch vorgehen! Was sollte schon geschehen? All dies Getier befand sich hinter dicken Glasscheiben, man hat ja in Berlin noch nie etwas von einer ausgebrochenen Anakonda gehört, oder? ODER? Ein wenig unruhig wurde ich doch, als Mäxchen nicht wieder auftauchte. Und dann fiel mir siedend heiß ein, dass über das offene Krokodil-Gehege ja nur eine einfache Brücke führte. Eine normale Brücke, von der aus man ganz wunderbar auf die gruseligen Riesenechsen hinabblicken kann, von der aus man aber auch ganz wunderbar hinabfallen könnte, wenn man so ein kleiner, kletterwütiger Junge ist, wie mein Sohn Max.

Mein Herz begann zu stolpern und ich rannte an verdutzt blickenden Waranen vorbei, in Richtung Krokodile. Da hinten! Ich riss die Tür auf, ein Schwall feucht-heißer, nicht gut riechender Luft schlug mir entgegen. Auf der Brücke stand niemand. War das jetzt ein gutes oder ein schlechtes Omen?

»Max!«, brüllte ich, dass es von den Palmen widerhallte. Dann blickte ich bebend vor Sorge nach unten. Ein meterlanges Ungetüm lag dort, mit aufgesperrtem Rachen. Wenigstens war kein hellblauer Anorak darin zu erkennen!

Ich raste zurück zu den anderen Reptilien. »Maaaax!«

»Suchen Sie jemanden?«, fragte mich ein freundlicher Wärter.

»Meinen Sohn«, schluchzte ich.

»So ein Kleiner, Blonder in hellblauem Anorak?«, fragte er.

»Ja!«, schrie ich. »Ist ihm was passiert?«

»Nein, nein«, beruhigte mich der Mann. »Er war auf dem Weg nach oben zu den Insekten.«

»Ist dort alles gut unter Verschluss?«, versicherte ich mich.

»Uns ist nur ein einziges Mal …«, begann er, aber das wollte ich jetzt gar nicht hören und keuchend schleppte ich mich die Treppen ins Obergeschoss, an Pfeilgiftfröschen vorüber, zu Skorpionen, großen Mehlkäfern und kleinen Küchenschaben. Sehr viel Gekrabbel war das hier! Verstohlen begann ich mich zu jucken. Wo war dieser verflixte Bengel?

»Mama!«, hörte ich ein Stimmchen aus der Spinnenabteilung rufen, und da stand Max vor einem Terrarium und deutete auf ein besonders großes, haariges Exemplar einer Vogelspinne.

»Wo warst du denn?«, schrie ich ihn an.

»Mama«, wiederholte er unbeirrt. »Ich nehme diese.«

»Was?«

Nervös kratzte ich mich am Rücken. »Ich sagte dir doch: hier kann man nichts mitnehmen oder streicheln oder essen.«

»Ich will sie ja nicht essen, sondern kaufen«, erklärte er mir geduldig. »Diese kuschelige Vogelspinne soll mein Haustier sein und nachts in meinem Bett schlafen!«

Mir wurde ein wenig schwindelig. Ich hockte mich neben ihn und versuchte es mit mütterlicher List. »Das ist aber keine Vogelspinne«, erklärte ich und las ab, was auf dem Schildchen stand. »Das hier ist eine Brachypelma albopilosa.«

»Das ist dasselbe«, mischte sich ungefragt ein Aufseher ein.

»Siehste!«, rief Max. »Und ich nenne sie Pilosa!«

Wütend blickte ich den Aufseher mit schwarzen Spinnenaugen an.

Er räusperte sich. »Wenn Sie sich beeilen, können Sie die Fütterung der Krokodile miterleben«, sagte er versöhnlich.

»Jaaaaa!«, schrie Max und rannte schon wieder los.

Wenn Sie mal in Berlin sind, dann merken Sie sich Folgendes: montags um 15 Uhr 30 werden die Krokodile gefüttert und im Aquarium-Shop kann man wunderbare Vogelspinnen kaufen: Brachypelma albopilosa. Aus Plastik!

54

Mit Kindern mal schnell einkaufen

»So«, sprach ich letzten Sonntag bester Laune. »Ich gehe jetzt schnell mal zum Bäcker und dann frühstücken wir gemütlich.«

»Wir kommen mit!«, riefen meine Söhne und ab da war es vorüber mit »schnell mal« und »gemütlich«.

Seufzend machte ich mich auf den Weg. Ich wollte an meiner Lieblingsboutique vorbeigehen, ein winziger Umweg nur, aber es war ein herrlicher Frühlingsmorgen und im Schaufenster hatte ich von Weitem einen schönen roten Blazer gesehen.

»Nicht da lang!«, brüllte Max. »Wir wollen an der Zoohandlung vorbei!«

»Ich aber nicht«, widersprach ich.

»Zwei gegen einen«, grinste Samuel und trabte seinem Bruder hinterher, Richtung Hauptverkehrskreuzung, die zwar am Sonntagfrüh recht verschlafen da lag, aber immerhin.

»Halt!«, brüllte ich und rannte den Jungs hinterher, einen letzten wehmütigen Blick in die ferne Schaufensterscheibe der Boutique werfend, in der ein roter Punkt leuchtete. Hand in Hand standen Samuel und Max an der Ampel. »Wir sind doch keine Babys mehr«, wurde ich informiert.

»Ja leider«, murrte ich. »Sonst hätte ich euch jetzt ganz einfach in die Richtung geschoben, die ich mir ausgesucht habe.«

Wenig später standen wir vor dem Schaufenster der Tierhandlung.

»Guck mal das Meerschweinchen, Mama. Ist das nicht süüüüüß?«

»Und diesen Papagei, den wünsche ich mir zum Geburtstag«, überschrie Max seinen Bruder.

»Nein ich!«, kreischte Samuel.

»Ich habe ihn zuerst gesehen!«

»Blödmann!«

»Eierkopp!«

»Regt euch ab«, versuchte ich die beiden tobenden Bübchen zu beruhigen. »Keiner von euch bekommt einen lebenden Papagei zum Geburtstag.«

»Gemein!«, kreischten nun beide aus einem Munde.

»So, weiter jetzt. Lasst uns doch durch den Park gehen«, schlug ich vor um die Gemüter zu beruhigen.

»Jaaaa!«, riefen sie. »Wir gehen auf den Spielplatz.«

»Aber nein!«, erschrocken versuchte ich sie fest zu halten. »Wir gehen nicht auf den Spielplatz, wir gehen nur durch den Park zum Bäcker und dann wieder nach Hause.«

»Spielplaaaatz!«, hörte ich meine Söhne selig aus der Ferne rufen, bevor sie um die Ecke bogen.

»Ich werde wahnsinnig«, murmelte ich und ging zügig weiter. Wo waren diese Lauser nun geblieben?

»Buuuh!«, kreischte es aus einem Hauseingang. »Wir haben uns hier versteckt.«

»Schön«, murmelte ich. Noch circa hundert Meter bis zum Bäcker waren zu bewältigen und dann der Rückweg. Ich fühlte mich überfordert.

In diesem Moment knarrte eine unfreundliche Stimmung aus der Sprechanlage: »Hallo? Wer ist denn da?«

Der Summton erklang. Eine andere Stimme rief: »Wer sind Sie?« Über uns öffnete sich ein Fenster.

»Ihr habt doch nicht etwa …?« Mir verschlug es die Sprache.

»Doch«, gab Samuel zerknirscht zu. »Auf alle fünfzehn Klingeln haben wir gedrückt. Jeder einmal, das macht dann …« Konzentriert verdrehte er die Augen und begann zu rechnen.

»Das macht dann jede Menge Ärger«, vervollständigte ich seinen Satz und flüchtete mit meinen Söhnen in den Park.

»Es ist Sonntag früh, halb neun«, begann ich dort zu predigen. »Also los jetzt und keinen Unsinn mehr.« Max und Samuel kicherten hinter mir her. Warum macht es auf meine Jungs eigentlich keinen Eindruck, wenn ich mit ihnen schimpfe?

Eine kurze Weile war es still hinter mir, was mir zunehmend unheimlich wurde.

»Was macht ihr?«, fragte ich misstrauisch und drehte mich blitzartig um.

»Wir gehen hinter dir her«, lautete die folgsame Antwort.

»Und jetzt wollen wir rutschen.«

»Jeder einmal!«, rief ich und nachdem beide schätzungsweise siebenunddreißig mal die Rutsche hinabgeschlittert waren, gingen es auch schon weiter.

»Was ist denn das?«, fragte Max und blieb vor einem Gullideckel stehen.

»Das ist ein Gullideckel«, antwortete ich gelangweilt und schaute auf die Uhr.

»Wohnen da die Monster?«

»Nein, da unten fließen die Abwässer der Stadt.«

»Warum?«

»Darum!«, rief ich sehr unpädagogisch, denn ich hatte Hunger und Kaffeedurst und überhaupt keine Lust einen Vortrag über Berlins Kanalisationssystem zu halten.

»Wer zuerst beim Bäcker ist, hat gewonnen«, rief ich also schlau und sprintete los. Hinter mir großes Gekreisch.

»Ich habe was im Schuh!«, rief Samuel und setzte sich auf den Parkweg, haarscharf neben einen beachtlichen Hundehaufen.

»Komm da weg!«, schrie ich, denn das hätte mir jetzt gerade noch gefehlt.

Ungeduldig nestelte ich seinen Schnürschuh auf, schüttelte ihn aus und zog ihn wieder an Samuels Fuß.

»Besser?«, fragte ich. Er nickte.

»Ich habe auch was im Schuh!«, schrie Mäxchen, weil er immer alles ganz genau so haben will wie sein Bruder.

»Das glaube ich dir nicht!«, rief ich entnervt.

»Doch. Doch. Doch. Das ist so gemein von dir. Gemeine Mama!«

Also kniete ich mich ein zweites Mal hin, schnürte auf, schüttelte, schnürte zu.

»Wer zuerst beim Bäcker ist!«, rief ich wieder.

Samuel war der Erste, was Mäxchen ihm schwer verübelte und wofür er ihm einen Schlag verpasste.

»Ruhe!«, brüllte ich, um in Ruhe das Schild in der Eingangstür zu lesen: »Wegen Krankheit geschlossen!« stand da und ich hätte am liebsten geweint. Zurück ging es an vielen Rutschen, Schaukeln, Klingeln, Hundehaufen, Goldhamstern bis nach Hause. Dieser Ausflug hat fast zwei Stunden gedauert. Seitdem habe ich immer Aufbackbrötchen im Tiefkühlschrank.

55

Dieser Ring gehört nur mir

Neulich, da habe ich im Schaufenster eines Juweliers einen wunderschönen Ring gesehen. Kurz darauf war die Schaufensterscheibe ganz beschlagen, so heftig atmete ich dagegen. Es ist nicht so, dass ich nun dringend einen Ring gebraucht hätte, aber dieser hier war im wahrsten Sinne atemberaubend: ein ovaler, hellblauer Stein, schlicht in Gold gefasst, als trüge man ein Stückchen Himmel am Finger.

»Wollen Sie nicht hereinkommen?«, fragte mich ein Mann, der aus dem Geschäft getreten war und skeptisch auf seine nass gehechelte Scheibe blickte.

»Ach, ich gucke ja nur!«, erwiderte ich und fühlte mich ertappt.

»Besonders viel können Sie ja nicht mehr sehen.«

Nun, dachte ich, gucken kostet ja bekanntlich nichts, also betrat ich das Geschäft und hielt wenig später den Ring in der Hand.

»Oh«, hauchte ich betroffen, denn er war noch viel schöner, als ich erwartet hatte. Und auch viel teurer.

Schmerzvoll verzog ich das Gesicht. Von wegen: »Gucken kostet nichts.« Mich würde es garantiert eine schlaflose Nacht kosten.

Mit zitternder Hand gab ich ihm den Ring zurück.

Kaum war ich wieder auf der Straße, beobachtete ich, wie der schöne Ring wieder zurück in die Auslage gelegt wurde. Die Schaufensterscheibe war inzwischen, bis auf ein paar kleine Schmierspuren, wieder durchsichtig. Zwei Frauen stellten sich gerade davor.

»Guck mal, der blaue Ring«, sagte die eine.

»Der wäre doch was für dich«, antwortete die andere.

Mein Herz begann zu rasen. Die redeten von »meinem« Ring! Aber ich hatte ihn schließlich zuerst gesehen.

»Geh doch mal rein und sieh, ob er dir passt«, hörte ich.

»Der passt Ihnen bestimmt nicht!«, rief ich dazwischen.

»Wieso?« Mit giftigem Gesichtsausdruck wurde ich angesehen.

»Weil er sehr, sehr klein ausfällt und das Blau gar nicht zu ihrem Hauttyp passt«, redete ich wild drauflos. »Aber hier …« Ich deutete auf einen Ring mit rotem Stein. »Dieser Ring ist wie für Sie geschaffen. Er unterstreicht ihren lebendigen, temperamentvollen Charakter.«

»Hä?«, machte sie wenig temperamentvoll.

»Oder dieser hier. Eine Süßwasserperle, das ist doch mal was anderes.« Ich war nicht mehr zu bremsen.

»Wir kommen heute Nachmittag noch mal wieder, Hubertine. Und dann probieren wir in Ruhe, was uns gefällt!«, sagte die eine zu der anderen und damit ließen sie mich stehen.

Hubertine! Was ist das überhaupt für ein Name?, dachte ich. Sie mag ja heißen, wie sie will, aber meinen Ring kriegt sie nicht.

Dann stand ich noch eine Weile vor der Schaufensterscheibe und starrte hinein. Da lag er, nur wenige Zentimeter von mir entfernt. Der Ring meines Lebens. Es war eine Art Seelenverwandtschaft, wenn Sie verstehen, was ich meine. Er gehörte zu mir, nicht an Hubertines Wurstfinger. Heute Nachmittag wollte sie wieder kommen, mir blieben nur wenige Stunden. Was könnte ich tun? Eine Bank überfallen, oder besser gleich den Juwelier? Ich stöhnte und wieder beschlug die Scheibe. Und das war auch gut so, denn gerade kamen Leute vorbei. Hatten die denn alle nichts anderes zu tun, als am Vormittag durch Berlins Straßen zu bummeln?

»Hier wird renoviert«, informierte ich die beiden Herren und stellte mich vor den blauen Ring. Die Männer sahen mich erstaunt an, dann gingen sie achselzuckend weiter und ich musste auch weiter. Schweren Herzens nahm ich Abschied und eilte nach Hause, um Robert anzurufen.

»Robert, liebster Ehemann«, rief ich betont munter in den Hörer.

»Was willst du?«, fragte er skeptisch.

»Hast du schon ein Weihnachtsgeschenk für mich?«

Er räusperte sich. »Weihnachten ist in acht Monaten«, ließ er mich wissen.

»Eben«, sagte ich mild. »Was willst du im Dezember verschwitzt durch die Kaufhäuser rennen, wenn du mir ganz entspannt im Frühling schon etwas besorgen könntest, was mir richtig gut gefällt!«

»Was ist es denn?«, fragte er.

Und dann erzählte ich ihm alles von dem himmlischen Glanz des Steines, von der Seelenverwandtschaft und von Hubertines Wurstfingern. Robert schwieg.

»Weißt du«, fuhr ich fort. »Es könnte ein Geburtstags-Weihnachts-Geschenk sein!«

»Ist er so teuer?«, fragte Robert.

»Nein, nein«, beeilte ich mich zu sagen. »Also, was meinst du?«

»Ich werde mal darüber nachdenken«, sprach Robert und seine Gelassenheit machte mich noch nervöser. »Aber Hubertine ...«, rief ich gequält. Da hatte Robert schon aufgelegt.

Ich ging nach Hause, trank Kamillentee, dann hielt ich es nicht länger aus. Ich musste einfach noch mal nachsehen gehen. Als ich wieder vor dem Schaufenster des Juweliers stand, setzte mein Herz ein paar Schläge aus. Hubertine war mir zuvorgekommen, der Ring war fort!

Stattdessen lag ein langweiliger Amethystring dort. Wo war mein Stückchen Himmel geblieben? Gerade wollte ich aufschluchzen, da öffnete sich die Tür und Robert, der allerliebste Ehemann trat auf die Straße, ein Päckchen in den Händen.

»Das mit dem verschwitzt durch die Kaufhäuser rennen hat mich überzeugt«, grinste er mich an, bevor ich ihm um den Hals fiel. Gerade da kam Hubertine um die Ecke. »Ha!«, rief ich. »Der blaue Ring ist verkauft!«

»Ich wollte sowieso den roten«, antwortete sie und alle waren zufrieden. Jetzt freue ich mich richtig auf Weihnachten!

56

Für mich soll's rote Rosen regnen

Und? Schenkt Ihr Mann Ihnen auch einmal die Woche einen üppigen Strauß roter Rosen? Nein? Meiner auch nicht.

Wäre ja auch übertrieben, aber einmal im Monat könnte er es eigentlich machen. Es müssen ja auch keine Rosen sein, ein paar nette Tulpen wären absolut ausreichend. Aber nein! Er tut es einfach nicht. Obwohl ich jedes Mal, wenn im Fernsehen einer Frau Blumen überreicht werden, völlig aus dem Häuschen gerate und begeistert rufe: »Nein, wie romantisch! Guck doch mal, die wunder-wunderschönen Blumen!«

Und dann grunzt Robert abfällig und sagt: »Emanzipierte Frauen können sich doch ihre Blumen alleine kaufen!«

Das haben wir nun davon: außer einem Wahlrecht, auch das Recht uns Rosen und Pralinen selbst zu kaufen, unsere Koffer alleine zu schleppen und schwere Türen aufzustoßen.

Nun kann ich mich ja schlecht vor Robert aufbauen und sagen: »Ich möchte aber gerne, dass du mir rote Rosen schenkst!« Entweder er tut es, oder er lässt es bleiben. Und er lässt es bleiben. Er kommt nicht mal auf die Idee. Ich frage mich warum. Manchmal singe ich sogar in seinem Beisein: »Für mich soll's rote Rosen regnen …« und dann singt er aus vollem Halse mit und das war's!

Neulich wollte ich ihn testen und habe mir selbst einen Blumenstrauß gekauft, mit Gerbera, duftenden lila Wicken und allem Drum und Dran, und habe ihn auf meinen Nachttisch gestellt. Das ließ doch einige Fragen offen. Robert stolperte abends müde ins Schlafzimmer, sah die Blumen und gähnte. Dann sank er in die Kissen.

»Schöne Blumen, was?«, bohrte ich.
»Hm«, machte er und schloss die Augen.
»Weißt du, von wem die sind?«, fragte ich laut.
»Nö«, sagte Robert.
»Das möchtest du wohl gerne wissen, was?«, kicherte ich.
Betroffen schwieg er. Jetzt hatte ich es übertrieben. Robert war verletzt. Blumen auf dem Nachttisch der einzigen Ehefrau. Von einem anderen! Das gehört sich nicht. Gerade wollte es mir schon Leid tun, dass ich ihn so hinters Licht geführt hatte, da hörte ich einen zufriedenen Schnarchlaut. Das war ja wohl der Gipfel. Ich hatte eine Unsumme für einen Blumenstrauß ausgegeben, den er mir eigentlich schenken sollte, und nun lag er schlafend da und stellte sich keine einzige Frage. Vielleicht sollte ich mir eine stellen?
Am nächsten Morgen fing ich wieder an: »Tolle Blumen auf meinem Nachttisch, nicht wahr?«
»Ja ja. Wunderschön. Wo sind die her?«, fragte er und schmierte sich mit ruhiger Hand Honig aufs Brötchen. Er sah nicht aus, als wolle er den unverschämten Blumenspender danach zum Duell fordern. Er sah aus wie ein sorgenfreier Ehemann, der gerade frühstückt.
»Die … habe ich geschenkt bekommen!«, rief ich quer über den Tisch.
Robert trank einen Schluck Kaffee. »Toll!«, sagte er und holte Luft. Jetzt! Jetzt würde es ihm gleich wie Schuppen von den Augen fallen. Die Konkurrenz schläft nicht! Wie konnte er seine wundervolle Ehefrau so lange unbeschenkt lassen? Welcher Schauspieler war das noch gleich, der seiner Frau jeden Morgen eine rote Rose auf den weißen Frühstücksteller gelegt hat? Sein ganzes Leben lang. Ab Morgen würde es mir auch so ergehen. Ha!
Da sprach Robert weiter: »Ist mein grauer Anzug eigentlich aus der Reinigung zurück?«
»Wie bitte?«, kreischte ich ihn an.
Seelenruhig wiederholte er seine Frage, auf die ich schmollend nicht antwortete, und wenig später verließ er fröhlich summend das Haus. Wieso war er sich seiner Sache eigentlich so sicher? Dachte er, mir würde sowieso keiner Blumen schen-

ken? Ich beschloss, schärfere Geschütze aufzufahren und kaufte 20 rote Rosen und einen rosa Herzchenanhänger, auf den ich schrieb: »Meiner einzigen großen Liebe!« Das Ganze stellte ich in eine gläserne Vase auf den Wohnzimmertisch. Ein Sonnenstrahl ließ die dunkelroten Blüten erglühen. Schön sah das aus. Ich seufzte.

Am Abend kam Robert nach Hause und warf einen Blick ins Wohnzimmer.

»Rote Rosen«, erklärte ich ihm ungeduldig.

»Das sehe ich!«, sagte er.

Erwartungsvoll blickte ich ihn an. »Es hängt ein Zettel dran!«, flüsterte ich.

Da ging Robert langsam auf den Rosenstrauß zu. Sein Blick war unergründlich, gewiss gingen ihm tausend Dinge durch den Kopf. Deutlich konnte ich sehen, dass seine Hand zitterte, als er nach dem Herzchenanhänger griff. »Meiner einzigen großen Liebe!«, las er leise vor. Dann verstummte er, ließ den Kopf hängen. Jetzt würde ich ihm alles erklären! Doch bevor ich anfangen konnte, seufzte er: »Ach, Tanja!«, und nahm mich leidenschaftlich in die Arme. »Diese wunder-wunderschönen Rosen, wie romantisch! Ich danke dir!« Entzückt schnupperte er an einer roten Knospe.

Wie bitte? Jetzt glaubte er ... ich hätte ihm ... diese Rosen geschenkt? Das nennt man dann wohl einen emanzipierten Mann! Glücklich stellte Robert die Vase auf seinen Nachttisch und setzte sich aufs Bett. »Es bleibt immer ein wenig Duft an den Händen derer haften, die Rosen schenken!«, sagte er träumerisch.

Nun, da habe ich ja vielleicht Hoffnung, doch noch mal von meinem Mann beschenkt zu werden. Und jetzt habe ich sogar ein ganzes Kapitel darüber geschrieben. Vielleicht versteht Robert ja die Botschaft?

57

Wenn Kinder streiten

Kinderstreit hat immer etwas so Direktes, Unverfälschtes. Da wird getobt, geschimpft und aufgestampft und eine Minute später ist alles vergessen und vergeben.

»Ich hatte den roten Kipplaster!«, kreischt Samuel aus dem Kinderzimmer.

»Nö, ich!«, brüllt Max.

»Gib ihn mir wieder!«

»Neiiin!«

(Ein dumpfer Schlag wird hörbar.)

»Kreisch!«

(Noch ein dumpfer Schlag.)

Doppel-Kreisch.

Ich eile ins Kinderzimmer. Zwei erhitzte, kleine Jungs balgen sich auf dem Fußboden und beschimpfen sich unflätig. Nun gilt es mütterlich zu schlichten.

»Wer hatte den Traktor zuerst?«, forsche ich. Plötzlich herrscht Stille. Beide Söhne blicken mich voller Verachtung an.

»Mama!«, sagt Samuel vorwurfsvoll. »Das war doch kein Traktor.«

»Phhh«, macht Max. Die Brüder blicken sich an, kichern über ihre dumme Mama und sind ein Herz und eine Seele. Als ich wenig später weiteres Gebrüll aus dem Kinderzimmer vernehme, halte ich mich zurück und lausche.

»Du hast meine Baustelle kaputt gemacht, du Eierloch!«

»Selber Eierloch!«

»Gar nicht, du Blödeimer!«

»Selber Blödeimer!«

»Gar nicht …«

So geht es noch eine Weile hin und her. Ein Gegenstand fliegt aus der Kinderzimmertür und landet im Flur. Es ist der rote Kipplaster, mit dem wohl keiner mehr spielen will. Ich ignoriere den Tumult. Nach einer Weile wird es still, Eierloch und Blödeimer haben sich beruhigt, am Abend teilen sich die beiden feierlich den letzten Erdbeerjoghurt, als hätte es niemals einen Misston zwischen ihnen gegeben. Da könnten wir Erwachsenen uns mal eine Scheibe abschneiden, von dieser spontanen Art der Auseinandersetzung!

Wenn Ihr Chef das nächste Mal kurz vor Feierabend wieder mit einer Extra-Aufgabe kommt, dann hauen Sie sie ihm mal auf den Kopf und rufen: »Mach doch selbst, du Eierloch!« Das wäre wenigstens direkt und unverfälscht. Die Frage ist nur, wie reagiert er? Wenn er zurückhaut und kreischt: »Selber Eierloch!«, dann würde das einem wunderbaren Arbeitsklima entgegenkommen, doch wir Erwachsenen sind sehr verlogen. »Aber gerne!«, flöten wir in solchen Situationen stattdessen und hoffen feige, dass der Chef das Knirschen unserer Zähne nicht hört.

»Ist ja nicht so schlimm«, sage ich der Nachbarin, die vergessen hat, meine Balkonpflanzen zu gießen, als ich im Urlaub war, dabei denke und fühle ich etwas ganz anderes. Am Liebsten würde ich ihr den vergesslichen Hals umdrehen, denn es waren meine Lieblingsgeranien in lachsrosa, die jetzt aussehen wie verblichene Strohblumen vom Vorjahr. Oder wenigstens in den Arm würde ich sie gerne zwicken. Aber, da fällt mir gerade noch rechtzeitig wieder ein, dass ich meinen Söhnen immer Gewaltfreiheit nahe lege. Wie könnte ich der Nachbarin diskret gegen das Schienbein treten, während ich auf dem Spielplatz Friedfertigkeit predige? Wir sind schließlich zivilisiert, oder?

»Man haut sich nicht!«, rufe ich, während Samuel mit erhobener Buddelschippe einem kleinen Jungen hinterhertrabt.

»Mach ich ja gar nicht!«, erwidert Samuel entrüstet. »Ich bin sein Bodyguard.«

»Oh, Verzeihung!« Da sieht man es mal wieder. Ich wollte ihm etwas unterstellen. Der liebe kleine Sohn ist doch so friedlich. Meine gute Erziehung beginnt zu fruchten. Kurz darauf hat Samuel den Jungen eingeholt und scheppert im die Schippe auf den Kopf.

»Samuel!«, kreische ich quer über den Spielplatz. »Ich denke du bist der Bodyguard!«

»Der hat Mittagspause!«, ruft mein gewalttätiger Sohn grinsend. »Jetzt war ich gerade der Räuber.«

Der überfallene kleine Junge greift seinerseits zur Schaufel und zieht sie Samuel über den Rücken. Dann balgen sich beide schnaufend, als ginge es um die Familienehre. Eine Minute später sehe ich sie lachend, Hand in Hand zur Rutsche hüpfen, wie in einer Werbung für Sahnebonbons. Ich beneide sie um diese Unkompliziertheit. Dem Bankangestellten von der Kreditabteilung möchte ich auch gerne mal ein Schippchen auf den Kopf hauen, meiner Schwiegermutter die Zunge rausstrecken und dem ewig meckernden Hauswart ein Bein stellen. Es soll ja nicht schmerzhaft sein oder bluten. Nur so ein kleines, spontanes »Verzieh dich doch, du Breitmaulfrosch!« an den Fahrkartenkontrolleur und einen wütenden Schubser für den Ehemann, der den Hochzeitstag vergessen hat. So richtig gut würde das jedem tun. Vielleicht würde man hinterher mit dem Herrn von der Kreditabteilung ein nettes Bier trinken gehen, weil man ja seinen Dampf abgelassen hat. Ich habe ihn gehauen, er hat mich getreten und nun wenden wir uns entspannt den Fakten zu.

Es soll ja Leute geben, die haben seit Jahren mit einer ehemals guten Freundin kein Wort mehr gesprochen, weil es einmal irgendein Missverständnis gegeben hat, wobei keiner mehr genau weiß, um was es damals gegangen war. Das kommt mir auch nicht gerade sehr zivilisiert vor. Nehmen wir uns ein Beispiel an den Kindern: Kinder reagieren unmittelbar und verzeihen sofort. Das scheint ein menschlicher Wesenszug zu sein, der sich mit den Jahren verwächst. Eigentlich schade, oder?

58

Ich habe nichts anzuziehen!

Also, das ist doch wirklich ein völlig überholtes Klischee! Dieses Bild einer verzweifelten Frau vor ihrem rammelvollen Kleiderschrank gehört in die Witzblätter, aber nicht in die Realität. Neulich stand ich ausgehbereit vor meinem Schrank und griff zielsicher hinein: schwarzer Rock, roter Rolli, fertig! Ich bin in diesen Dingen sehr unkompliziert. Kaum hatte ich die Sachen an, drehte ich mich skeptisch vor dem Spiegel. Hatte ich etwa zugenommen? Oder war der Rock eingelaufen? Ich stellte mich ins Profil und zog den Bauch ein. Trotzdem spannten die Nähte.

»Mama sieht aus wie ein Marienkäfer, der die Luft anhält«, hörte ich ein vorlautes Stimmchen, und keuchend atmete ich aus.

Meine sehr wach aussehenden Söhne hatten es sich im Schlafanzug auf der Bettkante bequem gemacht und beobachteten mich kritisch. Bevor ich anfangen konnte zu schimpfen wurde mir ein schneidender Schmerz in der Bauchgegend bewusst. Der Bund des Rockes kniff mir erbarmungslos in den Winterspeck und nervös geworden zog ich alles wieder aus.

»Geh doch so«, riet mir Samuel mit interessiertem Blick auf meine hellblaue Spitzenunterwäsche.

»Wir müssen looo-oooos!«, rief Robert, der liebste Ehemann, der gerade um die Ecke bog. »Was ist denn hier los?«, fragte er vorwurfsvoll. »Du hast gesagt, dass du in fünf Minuten fertig bist. Du hast gesagt, dass du nicht eine von denen bist, die immerzu sagen: ›Ich habe nichts zum Anziehen!‹ Du hast gesagt …«

»Ich weiß, was ich gesagt habe«, unterbrach ich ihn genervt und riss einen Stapel Pullover zu Boden.

Robert setzte sich neben die Jungs und ein weiteres kritisches Augenpaar beobachtete mich.

»Sind wir hier im Kino?«, rief ich nervös, denn ich mag nicht beobachtet werden, schon gar nicht von drei männlichen Wesen, während ich mich an- oder ausziehe.

Hastig greife ich nach meinem grauen Hosenanzug. Mit dem liege ich immer richtig. Sportlich-elegant. Mit rotem T-Shirt drunter, weiße Perlenkette. Toll! Zufrieden drehe ich mich vor dem Spiegel. »Fertig«, rufe ich. »Da staunt ihr, was?«

»Das hattest du doch letzte Woche auch schon an«, bemerkt Samuel nachdenklich.

Stimmt, der Junge hat Recht und ich werde heute Abend dieselben Menschen wieder treffen wie letzte Woche. Die denken ja dann, ich habe nur diesen einen Hosenanzug. Mit dem lappigen roten T-Shirt und der fantasielosen Perlenkette. Robert ist schon an der Tür. »Na, dann los!«, ruft er und als er sich fragend umblickt, sieht er eine erhitzte Frau in hellblauer Spitzenunterwäsche, die vor dem Kleiderschrank steht und die Zähne zusammen beißt, um den berühmten Satz nicht herauszuschreien.

»Das sah doch sehr nett aus!«, ruft er und blickt mit finsterer Miene auf die Uhr.

Knurrend zerre ich ein beiges Wollkleid hervor.

»Das ist auch sehr nett!«, versucht es Robert wieder.

»Daaaas?«, kreische ich entsetzt. »Das sieht aus wie eine Wurstpelle!«

Robert zupft an einem geblümten Stoff. »Dann zieh doch das hier an!« Das kann doch nicht sein Ernst sein! Er meint das Dirndl-Kleid, das ich vor Jahren mal zum Fasching getragen habe.

»Robert!« Ich bin erschüttert.

»Dann zieh eben das an.« Er zeigt auf einen Nadelstreifenblazer. »Aber zieh bitte irgendetwas an.«

»Jetzt hetz mich nicht!«, keife ich. Die Jungs haben sich ihre Kuscheltiere geholt und es sich im Ehebett gemütlich gemacht. Sanne, mein modekritisches Töchterchen kommt dazu. »Was ist los?«, will sie wissen und hüpft zu den Brüdern.

Meine Nerven vibrieren. »Ich will mich nur in Ruhe anziehen!«, rufe ich und ziehe dabei den Blazer an.

»Der BH guckt raus«, sagt Sanne pikiert.

»Na und?«, verteidige ich mich.

»Und unten herum?«, fragt Robert unsicher.

»Vielleicht den Jeansminirock?« Ich schlüpfe hinein.

»Unmöglich!« Sanne schüttelt den Kopf. »So kannst du nicht gehen!«

Ich setze mich zu meinen Kindern aufs Bett und lasse den Kopf hängen. »Ich habe einfach nichts anzuziehen!«, rufe ich frustriert. Da ist er draußen der Satz und hallt im Kleiderschrank wider.

»Ha!«, macht Robert triumphierend. »Jetzt hast du es doch gesagt. Und in fünf Minuten bist du auch nicht fertig geworden!«

Ein Blick in den Spiegel verrät mir, dass Sanne Recht hat. Der Rock ist zu kurz, der Blazer hat Schulterpolster, die mich aussehen lassen wie das grüne Hulk-Monster und so fühle ich mich auch.

»Also, ich fand das Dirndl wirklich süß«, lächelt mich mein Mann verträumt an.

»Ich bleibe zu Hause!«, kreische ich. Robert verlässt beleidigt den Raum.

Sanne wischt sich die Lachtränen von den Wangen. »Zieh doch das karierte Kleid mit Jeansjacke an. Das sieht cool aus.«

Was habe ich zu verlieren? Ich wage einen allerletzten Versuch und was soll ich Ihnen sagen? Diese Kombination sieht tatsächlich ganz gut aus.

Sanne hebt den Zeigefinger. »Es geht nicht um die Fülle im Kleiderschrank, sondern um die Kombinationsgabe! Habe ich in einer Zeitschrift gelesen.«

Ich bin beeindruckt.

»Langweilig«, murrt Samuel gähnend. »Ich fand Mama am Schönsten in der blauen Unterhose.« Wie gut, dass ich meine Tochter habe, sonst wäre ich an diesem Abend womöglich im Dirndl, in Unterwäsche oder überhaupt nicht ausgegangen.

59

Wie sehe ich denn aus?

Kennen Sie das IKEA-Phänomen? Auf den Katalogbildern liegt auf dem karierten »Erkström«-Sofa eine zerfledderte Zeitung, auf dem Boden stehen ein Paar Gummistiefel und eine Teekanne, daneben hockt aus dekorativen Zwecken ein dicker Kater. Und das alles wirkt in keinster Weise unordentlich, es sieht eher heimelig und lebendig aus. Wenn bei mir zu Hause Gummistiefel, Kannen und Kater rumliegen sieht das allerdings ganz anders aus.

Mit der Mode geht es mir nicht anders. Neulich habe ich mir einen wunderschönen Pullover aus einem Katalog bestellt. Jedenfalls sah er wunderschön an dem blutjungen Mädchen aus, das ihn mit strahlendem Lächeln an einem weißen Sandstrand präsentierte. An mir sah er eigentlich nur aus wie … ein ganz normaler, leicht lappiger Pullover mit etwas kindischen Streifen darauf, die auf dem Bild noch so frisch maritim gewirkt hatten. Was ja auch am Sandstrand gelegen haben könnte. Oder an der Jugend des Modells. Ich stand also mit diesem Ringelpulli vor dem Spiegel, im Hintergrund wogte keine tropische Palme, nur der staubige Gummibaum, der gerade ein vertrocknetes Blatt zu Boden fallen ließ. Und ein zusammengeklapptes Bügelbrett war zu sehen. Ich seufzte schwer.

Warum sieht Julia Roberts im gepunkteten Kleid allerliebst aus? Und ich sehe im gepunkteten Kleid aus wie meine Oma?

Vor kurzem stürmte ich in eine Boutique. »Ich möchte genau das Outfit anprobieren, das ihre Schaufensterpuppe trägt«, rief ich wild entschlossen. Mit einer steifen Plastikpuppe würde ich es ja wohl noch aufnehmen können.

»Größe 36?«, fragte die Verkäuferin skeptisch und machte schmale Augen.

»Ja!«, log ich laut, denn jetzt wollte ich es wissen.

Keuchend kletterte die Frau ins Schaufenster und begann die Puppe zu entkleiden. Ganz schön dünn war die! Größe 36? Das würde mir nie im Leben passen, aber nun gab es kein Zurück. Wenig später stand ich in der Umkleidekabine und zwängte mich in die Puppenhose. Na, es klappte doch, wenn ich sie nun noch über die Hüften ziehen könnte ... dann hätte ich nur noch den Knopf zu schließen, der mir sehr weit entfernt vom dazu gehörigen Loch auf der anderen Seite schien. Dazwischen waberte mein Bauch wie ein welliges Meer. Energisch hielt ich den Atem an, zog und zerrte und bekam die Hose zu. »Ha!«, rief ich triumphierend.

Der Vorhang der Umkleidekabine teilte sich und der Kopf der Verkäuferin schob sich herein. »Ich habe vergessen Ihnen zu sagen, dass die Hose Größe 40 ist, das Jäckchen ist 36!« Wie erstarrt blickte ich in ihr bewegungsloses Gesicht, das gleich darauf schon wieder verschwunden war. Erschüttert versuchte ich mich auf den winzigen Hocker zu setzen, aber die Hose war zu eng. Die Hose in Größe 40, die ich für eine 36 gehalten hatte!

Bevor der Knopf abspringen konnte, zog ich mich wieder aus, schlüpfte in meine alten Sachen und verließ geschockt die Kabine.

»Passt es?«, rief die Verkäuferin.

»Nein!«, murrte ich und wollte gerade das Geschäft verlassen, da sah ich eine Frau, die sich soeben ein todschickes Outfit zusammenstellte.

Ich stellte mich hinter eine Säule und beobachtete, woher sie die Sachen geholt hatte. Das wollte ich auch haben! Betont lässig schlenderte ich vorüber, grabschte dann gierig nach Blazern, hängte mir Hosen in 38 (es soll ja noch Wunder geben), 40 (wenn ich ehrlich bin) und 42 (das kann ich mir neuerdings überhaupt nicht erklären) über den Arm und eilte siegessicher in meine Kabine zurück. Das würde mein neuer Look werden. Bei der Frau hatte es umwerfend ausgesehen. Kurz darauf stand ich vor dem Spiegel und sah mich im karierten Blazer. Hm, gewöhnungsbedürftig. Und die weite Hose? (In 42!) Die war irgend wie zu weit, leider nicht am Bund, sondern an den Hosenbeinen. Warum sah die Frau eben damit aus wie Marlene Dietrich auf der Yacht und ich? Ich sah aus wie Clown Bimbo auf der Flucht.

Frustriert verließ ich die Boutique, und als ich von draußen einen letzten Blick ins Schaufenster warf, sah ich die dünne Schaufensterpuppe von eben, die inzwischen neu eingekleidet worden war. Sie trug einen dunkelblauen Hosenanzug mit weißer Leinenbluse. Das würde mir doch bestimmt gut stehen. Auch ohne Sandstrand im Hintergrund. Ich war bereit, einen letzten Versuch zu wagen und ging zurück in die Boutique.

»Ich möchte genau dieses Outfit!«, sagte ich der Verkäuferin mit den schmalen Augen.

»Das hängt alles da drüben«, antwortete sie. »Gibt es auch noch in Größe 44.«

Also jetzt übertrieb sie aber! Wenig später stand ich vor dem Spiegel.

Die Hose war mir zu kurz, die Bluse spannte.

Die Frau mit dem Marlene-Dietrich-Outfit stellte sich neben mich. »Sieht ganz nett aus«, sagte sie lächelnd. »Aber am hübschesten fand ich sie in Ihrem Ringelpulli, der ist ja wirklich allerliebst. So frisch-maritim.« Sie senkte die Stimme. »Wo haben Sie den denn her?«

Da habe ich dann sehr gelacht und erkannt, dass andere Leute vielleicht auch mein chaotisches Wohnzimmer heimelig und lebendig finden würden. Es ist alles eine Frage des Blickwinkels!

60

Geburtstagsblues

Froh darüber, wieder ein Jahr lang mehr Lebenserfahrung und Weisheit gesammelt zu haben? Oder eher panisch, weil die nächste Null auf einmal so nahe rückt? 30, 40, 50, 60 … du meine Güte! Grauenvolle Zahlen … ich bin ja zum Glück noch sehr, sehr weit von der nächsten Null entfernt und trotzdem beunruhigen mich meine Geburtstage zunehmend. Sie kommen irgendwie auch immer schneller.

Darum sprach ich neulich zu Robert, meinem liebsten Ehemann: »Ach, weißt du. Was soll das große Getöse um einen Geburtstag? Es ist doch ein Tag wie jeder andere auch. Ich möchte keine Gäste, Blumen und Geschenke.«

Robert blickte erstaunt. »Bist du sicher?«

»Aber ja!«, antwortete ich gelassen. »Meinen …« und hier verschluckte ich mich kurz, … »meinen Vierzigsten werde ich groß feiern, aber um den 37. mache ich kein Aufhebens!«

Robert nickte, und dann brach mein Geburtstag über mich herein. Meine Lieben gratulierten mir, brachten Blumen und ein Geschenk an mein Bett und das ist doch eigentlich alles, was man sich wünscht, an so einem Tag. Kurz darauf waren sie alle fort, im Kindergarten, in der Schule, im Büro. Und ich wollte mir heute einen richtigen Wohlfühl-Geburtstag machen, nicht arbeiten, nicht einkaufen, sondern nur genießen. Ohne großes Getöse, denn was ist schon dabei? So schlurfte ich im Morgenrock durch die Wohnung, trank dabei eine Tasse Kaffee und fixierte das Telefon.

Ich hatte zwar allen Freunden gesagt, sie bräuchten mich nicht anrufen, denn das sei wirklich kindisch, aber es hätte ja sein können, dass der ein oder andere trotzdem gratulieren wollte. Wollte aber keiner.

Singend ließ ich mir ein Bad ein, träufelte Lavendel hinein, versank im Schaum und seufzte schwer. Da klingelte das Telefon. Mit einem Aufschrei fuhr ich in die Höhe. Schaumflöckchen und Wasserlachen hinterlassend eilte ich über den Flur ins Wohnzimmer und nahm ab.

»Hallo?«, rief ich glücklich in den Hörer. Wer konnte es sich da nicht nehmen lassen, dem Geburtstagskind alles Gute zu wünschen? Wer? Wer?

»Hier Fleischerei Pumpel. Sie haben zwanzig Schnitzel vorbestellt?«

»Nein, habe ich nicht!«, rief ich enttäuscht und ein kleiner See hatte sich auf dem Parkett gebildet.

»Sind Sie nicht Frau Schulz?«

»Nein, bin ich nicht!«, meckerte ich in den Hörer. »Ich bin Frau Wekwerth und habe heute Geburtstag.«

Aber der gute Mann hatte schon aufgelegt und fröstelnd eilte ich zurück in die Badewanne.

Da lag ich nun, wieder ein Jahr älter. Und keiner wollte mir gratulieren, nicht mal Fleischer Pumpel und das Badewasser war auch nicht gerade heiß. Der Schaum brannte sogar in den Augen, so sehr, dass mir ein paar Tränen über die Wangen liefen. Warum hatte ich eigentlich kein nettes Geburtstagsfrühstück mit Freundinnen organisiert? Warum lag ich am Vormittag meines 37. Geburtstages heulend in einem lauwarmen Lavendelbad?

Schluss damit. Jetzt würde ich mich abtrocknen und anziehen, etwas Musik hören und endlich mal wieder ein Buch lesen. Oder spazieren gehen. Oder am allerliebsten shoppen gehen. Das war die Idee! Als ich vor dem Spiegel stand, schaute ich besonders kritisch hinein, schließlich war ich ja ein Jahr älter als gestern. Diese Augenfalten! Wie nennt man die noch? Krähenfüße? Also wirklich, an seinem 37. Geburtstag sollte man nicht zu lange vor dem Spiegel stehen. Ich schminkte mich, legte ein bisschen nette Musik auf und als ich gerade ein paar beschwingte Tanzschritte durch das Wohnzimmer wagen wollte, rutschte ich in der Badepfütze neben dem Telefon aus und landete auf dem Fußboden. Was für ein Tag! Nie wieder würde ich jemandem sagen, er soll mich nicht an meinem Geburtstag anrufen oder besuchen. Nie wieder! Wohlfühltag? So ein Quatsch. Ich wollte Gäste, Blumen und Geschenke. Heulend saß ich halb angezogen auf dem nassen Parkett und ruinierte die Wimperntusche, die wahrscheinlich gerade in meine Krähenfüße floss. Das Telefon klingelte wieder. Bestimmt Bäckerei Krümel, die mir zehn Sahnetorten aufschwatzen wollten, oder ein Meinungsumfrage-Institut, das wissen wollte, was ich von Schönheitschirurgie halte, oder …

Mit verstopfter Nase nahm ich ab.

»Herzlichen Glückwunsch zum Geburtstag!«, rief eine freundliche Stimme, die direkt aus dem Himmel zu hallen schien.

»Humpf«, machte ich, weil ich gerade nicht sprechen konnte.

»Hier ist Marie und ich dachte mir, ich melde mich sicherheitshalber.«

Marie! Meine beste Freundin Marie. Gerührt schnaubte ich mir die Nase.

»Meinen 35. habe ich nämlich auch nicht feiern wollen«, fuhr sie munter fort. »Und dann habe ich heulend vor dem Aquarium gehockt. Was machst du gerade?«

»Bis eben habe ich heulend in einem lauwarmen Lavendelbad gehockt …«, schluchzte ich.

»Und jetzt?«, forschte Marie.

»Jetzt hocke ich heulend in einer Pfütze vor dem Telefon.«

»Dann komm her!«, rief Marie, »ich habe den Frühstückstisch schon gedeckt.« Und das habe ich dann auch getan. So ein bisschen Getöse sollte man ruhig an seinem Geburtstag machen. Es ist eben doch kein Tag wie jeder andere.